目次

辻番奮闘記三　鎖国

《主な登場人物》

斎 弦ノ丞《いつきげん のじょう》　平戸藩士。江戸詰め馬廻り上席辻番頭だったが帰国を命じられる。妻・津根《つね》は家老滝川大膳の姪。

田中正太郎　平戸藩士。江戸詰め辻番頭だったが、郷足軽頭として帰国。

志賀一蔵　平戸藩士。江戸詰め辻番だったが、帰国し御物頭並となる。

熊沢作右衛門　平戸藩国家老。弦ノ丞の藩への忠義を評価している。

滝川大膳　平戸藩江戸家老。弦ノ丞に辻番を命じた。

松平伊豆守信綱　老中。三代将軍家光の寵臣。島原の乱を鎮圧。

堀田加賀守正盛　老中。三代将軍家光の寵臣。

馬場三郎左衛門利重　長崎奉行。

佐賀野弥兵衛門　長崎奉行所与力。

高力摂津守忠房　島原の乱後、島原藩藩主となる。

三枝勘右衛門　高力家勘定奉行。

大久保屋藤左衛門　長崎でオランダ交易を行う糸割符商人。

末次平蔵　長崎代官。大商人。

第一章　国家衰退

一

　平戸藩《ひらどはん》江戸詰め馬廻《うままわ》り上席辻番頭《つじばんがしら》だった斎弦《いつきげん》ノ丞《のじょう》は、その職を解かれ、帰国を命じられた。

「藩の気遣いとは、これか」

弦ノ丞は海から見る平戸に、感銘を覚えていた。

玄界灘《げんかいなだ》から入ると左に平戸島、右に田平《たびら》の岬が迫り、正面に的山大島《あずちおおしま》が鎮座している。

「松浦《まつら》が海の民だとわかる」

　せせこましい江戸から追われるように出た弦ノ丞は、久しぶりに気の晴れる思いをしていた。

　咎《とが》めを受けたわけではないが、辻番頭として、配下の命より藩の存続を重視した弦ノ丞は、下級藩士たちの反発を受け、役目を引かざるを得なくなった。

かつて天草《あまくさ》の乱を引き起こした松倉《まつくら》家と寺沢《てらさわ》家による責任転嫁を防いだ功績で、家老の姪《めい》を妻に迎えたうえ、さらに出世した弦ノ丞への風当たりは強く、藩庁は、居づらくなった弦ノ丞を江戸から離し、国元へ帰す決定をした。

「力不足、無念である」

妻津根《つね》の叔父であり、平戸藩江戸家老の滝川大膳《たきがわだいぜん》が、弦ノ丞をかばいきれなかったことを詫《わ》びてくれ、

「せめて旅路だけはよき思いをと考えてある。国元でも達者での」

藩士一人では許されない大坂から平戸までの船旅を手配してくれた。

平戸藩は藩主の参勤交代でも、江戸行きは平戸から大坂へ船で移動するのに、帰途は大坂から大里《だいり》まで船で下り、陸路山越えをして戻る。それを滝川大膳は特例で船旅を許可、これをもって藩の危機を救ったことへの褒賞としたのである。

「津根も一緒であればの」

弦ノ丞が残念がった。

妻、津根は江戸を離れる直前に懐妊が判明、大事を取って実家に預けてきたのだ。

もともと身体《からだ》が弱く、家老の姪でありながら、長く嫁入りの話もなく、実家で療養というか、静かにしていた津根である。そのため、家格違いの斎家へ嫁ぐに際して、なんの障害もなくすんだ。

どころか弦ノ丞に同情する声があったくらいである。

「押しつけられた」

「病弱な妻では、子も産めまい」

しかし、なにが幸いしたのか、津根は嫁に来てから、体調が安定し、寝こむことなどなくなった。

婚期を逃した武家の女というのは、肩身が狭い。もとからの性格もあるが、おとなしい津根を、弦ノ丞は気に入り、夫婦の仲はうまくいっていた。

「……赤子ができました」

嫁に来てから初めて数日寝こんだ津根が、心配する弦ノ丞に頰を染めて報告したのは、旅立つ一カ月前のことだった。

「……よくぞ」

弦ノ丞はそれ以上言えなかった。

大変だったのは、その後である。健康であっても江戸から平戸までの長旅はきつい。おおよそ三百里（約千二百キロメートル）、船をいれても旅程十八日から二十日ほどかかる。

「なにとぞ、津根のことをお願いいたしまする」

弦ノ丞は津根の実家に頭を下げた。

「当然のこと」

津根の実家は、松浦家でも名門に数えられ、代々物頭《ものがしら》から家老職を務めている。徒《かち》組《ぐみ》に属し、出世しても御使番がいいところの斎家からみれば、雲上とまでは言わないが、まず話をすることもないほどの差があった。

そこの当主となる津根の父が、胸を叩《たた》いて引き受けてくれた。

結果、安心して帰国の途につけたとはいえ、津根に見せてやりたいと弦ノ丞が思うほど、平戸湾の景色は美しかった。

「着きますぞ」

船頭が弦ノ丞に声をかけた。

「あ、ああ」

「見とれられてましたかの。平戸はええところじゃ」

あわてて振り向いた弦ノ丞に船頭が笑いかけた。

「人はええし、魚もうまい。いろいろ珍しいもんもある」

船頭が近づいてくる平戸湊《ひらどみなと》を見ながら、続けた。

「隠居したら、平戸で住むのもええなと思ってたんやが……」

小さく船頭がため息を吐《つ》いた。

「どうかしたのか」

思わず弦ノ丞が問うた。

「あと何度来られるか、わからんなってもうた」

船頭が首を横に振った。

「なぜだ」

「あれが見えますかの。白い変わった建物が」

怪訝《けげん》な顔をした弦ノ丞に、船頭が右後ろを指さした。

「あれか。いろいろな建物と桟橋が見える」

「へえ。あれが和蘭陀商館《オランダ》ですねん。いや、でしたや」

うなずいた弦ノ丞に船頭が答えた。

「ほう、和蘭陀商館とはあれか」

代々江戸詰めで、平戸に来たのは初めてである弦ノ丞が感心した。

「よう目を凝らしてご覧を」

もう一度船頭がよく見ろと告げた。

「……窓が閉まっている。いや、人気《ひとけ》がない」

弦ノ丞が気づいた。

「…………」

無言で船頭が肯定した。

「そうか、和蘭陀商館は閉鎖されたのであったな」

「さいですわ。今まであそこに和蘭陀人が住んでて、年に何艘《そう》もの南蛮船が入って、そら、賑《にぎ》わってましたんや。和蘭陀から入ってくる珍品を手に入れようと、大坂はもちろん、博多や若狭《わかさ》、江戸の商人も集まってきました。それが……」

言わずとも船頭の嘆きは知れる。

「寂れたか」

「へい」

船頭がうなずいた。

「うちもお城下に残っている交易の珍品を買うために船を出してますけど、最近、思うような品が手に入らず、そろそろ長崎へ移ろうかという話も出てますねん」

「……そうか」

船頭の語る言葉を弦ノ丞は受けいれるしかなかった。

滝川大膳が大坂の唐物問屋に弦ノ丞の便乗を求めたことで、今回の帰国はなった。大坂の唐物問屋にしてみれば、それだけ平戸藩との遣《や》り取《と》りで儲《もう》けてきたのだ。

しかし、それも限界が来ている。次は、もう便宜を図ることはないと、暗に船頭を通じて、唐物問屋は平戸藩との決別を伝えてきていた。

「商いだからの。いたしかたあるまい」

「すんまへんなあ」

了解した弦ノ丞に船頭が頭を下げた。

「帆をたたみま」

船乗りが船頭に伝えた。

「おう。気をつけろよ」

船足が落ちた。

「……錨《いかり》、落とせ」

速度が十分落ちたのを船頭が認め、錨が沈められた。

ぐっと船が引っ張られるようになり、止まった。

「旦那、ご用意を」

「ああ」

言われた弦ノ丞が、振り分けにしてある荷を取った。

大坂から平戸へ来るような船は、舷側《ふなべり》が高く、桟橋へ直接着けることはできない。港から小舟が迎えに来て、それに乗り換えて上陸する。

「お達者で」

「世話になった」

これで船とは別れる。弦ノ丞は大坂から乗せてくれた船頭に礼を述べ、平戸湊に上がった。

「よう」

港では、懐かしい顔が出迎えてくれた。

「田中《たなか》さま」

弦ノ丞が驚いた。

「久しいの。元気そうでなによりじゃ」

笑いながら手を上げたのは、かつて弦ノ丞の上役として辻番頭を務めた田中正太郎《まさたろう》であった。

田中正太郎も天草の乱の後始末ともいうべき江戸の騒乱で活躍し、郷足軽頭《ごうあしがるがしら》へ取り立てられて、平戸へ帰されていた。

「田中さまこそ。お変わりなく」

弦ノ丞が感激した。

「変わったぞ。見ろ、真っ黒だろう。日焼けじゃ。毎日、足軽どもの働きを見廻りに領内を回っているのでな」

笑いながら田中正太郎が言った。

「一人か。小者はどうした」

ふと田中正太郎が訊《き》いた。

「妻のもとに残して参りました」

弦ノ丞が答えた。

斎家には、弦ノ丞の父の代から仕えている小者次郎市《じろいち》がいる。その次郎市を弦ノ丞は津根の助けになるかと思い、江戸へ置いてきた。いかに実家とはいえ、嫁に出た者が、あまり人使いをしては嫌われようと考えた弦ノ丞の心配りであった。

「そうか。まあ、詳しくは、後にしよう。船が見えたのでな、ひょっとすればおぬしが乗っているかと思い、見廻りを抜けてきたのだ。今日のところは、顔見せだけよ。志賀《しが》どのも斎に会えると楽しみにされていた。いずれ、一席設ける」

あわただしく田中正太郎が話をして、去っていった。

「志賀さまもお元気なのだ」

田中正太郎の背中を見送りながら、弦ノ丞が安堵《あんど》した。

志賀一蔵《いちぞう》も田中正太郎と同じく、辻番で一緒であった。志賀一蔵がもっとも歳嵩《としかさ》で、辻番頭補佐のような立場であった。そして志賀一蔵も辻番としての手柄を認められ、国元で御物頭並という中士となっていた。

「まずは帰国の届け出だ」

弦ノ丞は、船着き場の正面、山の中腹にある藩庁へと足を向けた。

二

平戸藩には城がなかった。

もとはあった、いや建ちかけた。現在の藩庁の湾を挟んで反対になる日ノ嶽《ひのたけ》という小山の上に、慶長四年（一五九九）、初代藩主松浦肥前守《ひぜんのかみ》鎮信《しげのぶ》が居城の建築を開始、じつに十四年の歳月と万金を費やした平戸城は、完成を間近にして焼失した。

これは松浦家が豊臣秀吉に近く、関ケ原の合戦でも一族が石田三成に与《くみ》するなど、去就を徳川家に疑われたのに対し、抵抗する気はないと見せつけるために、松浦鎮信が自ら火を放ったのである。

その後、城を失った松浦家は、城跡とは反対になる御嶽山《みたけやま》のなかほどに館を建て、藩庁とした。これを御館《おたち》と称したが、山のなかほどに館があることから皆、中《なか》の館《たち》と呼んでいた。

「江戸詰斎弦ノ丞、このたび国元でのご奉公を命じられましてございまする」

中の館に着いた弦ノ丞は、国家老熊沢作右衛門《くまざわさくえもん》に挨拶をした。

「滝川大膳より、聞いている。見事なる仕置きであった」

弦ノ丞の着任を、熊沢作右衛門が認めた。

「しばし、休息をいたすがよい。江戸から平戸は遠かったであろう」

「いえ、船に乗せていただきましたので、それほどは」

慰労する熊沢作右衛門に、弦ノ丞が首を横に振った。

「船には酔わなんだか」

「最初はかなりきつうございましたが、三日もせぬうちに慣れましてございまする」

熊沢作右衛門の質問に、弦ノ丞が答えた。

「それはよかったの。儂《わし》は船にどうしても合わぬでな。ここから唐津《からつ》まででも、胃の腑《ふ》がひっくり返ってしまうわ」

微妙な顔を熊沢作右衛門が見せた。

「…………」

笑えばいいのか、慰めればいいのか、わからない弦ノ丞は黙った。

「さて、城下に屋敷を用意した。案内《あない》を付けるゆえ、そちらへ参るがよい」

「かたじけのうございまする」

熊沢作右衛門の気遣いに、弦ノ丞が謝した。

「しばし、城下に慣れるがよい。いずれ、お役に立ってもらう」

「はっ」

手を振られた弦ノ丞は、熊沢作右衛門の前から退出した。

「熊沢どのよ」

弦ノ丞がいなくなってから、熊沢作右衛門との遣り取りを見ていた別の家老が、口を開いた。

「なにかの、村松氏」

熊沢作右衛門が用件を問うた。

「あれが、江戸の……」

「いかにも。そうじゃが」

村松と呼ばれた家老の確認に、首肯した熊沢作右衛門がその先を促した。

「存外に若いの」

「たしかに、歳は三十路《みそじ》になったかどうかであろう」

村松の感慨に熊沢作右衛門が同意した。

「使えるかの」

「まず、使えよう。江戸での働きを見ればだがな」

熊沢作右衛門が告げた。

「何役をさせるおつもりか」

「まだ決めてはおらぬ。人物がわからねば、意味がなかろう。算盤《そろばん》の使えぬ者を勘定方にしたところで役には立たぬ」

「たしかに。では、しばらくは」

「様子を見るつもりじゃ。田中と志賀に話はしてある」

伺うような村松に、熊沢作右衛門が述べた。

弦ノ丞に与えられた屋敷は、中の館からは少し離れた戸石川《といしがわ》沿いにあった。

「こちらでござる。すでに清掃の者は入れておりまするが、道具立てはなにもございませぬので、ご承知おきくださいませ」

案内役の藩士が、玄関先でそう言って帰っていった。

「玄関式台があるとは、畏《おそ》れ多い」

武家は格式にうるさい。屋敷の規模、場所だけでなく、玄関式台の有無も大きな差であった。

玄関式台があるということは、駕籠《かご》に乗ることを認めるとのことであり、家中でも相当な身分でなければ許されない。医者のように、体調の悪い者が駕籠でやってくるためとして、身分は低くとも式台を認められる例《ためし》はあるが、弦ノ丞は医術の心得などない。

「これに浮かれて、駕籠をなぞと言い出せば、手痛い目に遭うのだろうな」

江戸での日々が、弦ノ丞を素直なだけの若き藩士ではなくしていた。

「荷物は船からここへ運んでくれるように手配してあると、案内の御仁が言ってくれていたな」

荷物が来なければなにもできない。

大坂からの船に、弦ノ丞は夜具から食器などの日常生活品、着替えに書見の道具などすべてを載せていた。

「することがない」

いつ荷物が届くかわからないので、外出もままならない。かといって、屋敷のなかは一通り見てしまっている。

「寝るか」

弦ノ丞は、あきらめて昼寝を始めた。

だが、寝た途端に起こされた。

「御免を」

「荷物を持って参りましてございまする」

藩から差し回された足軽たちが、大きな荷物を担いで屋敷の前に来ていた。

「……おう、すまぬな。なかへ入れてくれ」

「はい」

弦ノ丞の頼みに、足軽たちが従った。

「ご苦労であった。少ないが、あとで酒でも買ってくれ」

役目とはいえ、個人の荷物を運んでくれたのだ。弦ノ丞は、百文ほどの銭を足軽たちに渡した。

「このようなものは、受け取れませぬ」

「引っ越しの挨拶だ」

断る足軽たちに、無理矢理小銭を持たせて帰し、弦ノ丞は荷ほどきに取りかかった。

「いるか」

見計らったかのように、田中正太郎が顔を出した。

「女手が要るだろうと思っての。愚妻と娘じゃ」

妻と娘を連れて、手伝いに来てくれたのだ。

「かたじけなし」

しばらくはなにもしなくていいと熊沢作右衛門に言われたとはいえ、いつ召し出されてもよいように、用意をしておかなければならない。

弦ノ丞は、田中正太郎の気遣いに喜んだ。

「長持ちくらいは買え」

なにもない屋敷に、田中正太郎があきれた。

「まあ、拙者も同じであったがの」

「店を教えていただきたく」

苦笑しながら言う田中正太郎に、弦ノ丞が頼んだ。

「古道具になるぞ。新しく作るとなると、暇も金もかかる」

田中正太郎が品物に文句を言うなよと釘《くぎ》を刺した。

「まあ、最近は出物が多いゆえな。そこそこのものが手に入ろう」

「最近でございまするか」

ふと弦ノ丞は気になった。

「平戸から多くの商家が逃げ出しての。今や崎方町《さきがたちょう》や浦《うら》の町《ちょう》なぞ、空き家だらけぞ」

「船頭からも聞きましたが……それほどに」

告げた田中正太郎に、弦ノ丞が驚いた。

「商人は利を求める者じゃでの。いたしかたないが。あまりと言えばあまりである」

田中正太郎がため息を吐いた。

「箪笥《たんす》や棚も一山いくらで出ておるがの。そういったものは、奥方どのが来られてからにするがいい。男の一人暮らしじゃ、さほどのものは要るまい」

すっと田中正太郎が声を潜めた。

「勝手に購入しては、奥方が怒るぞ」

田中正太郎が妻と娘の気配を探りながら、囁《ささや》いた。

「……心いたしまする」

弦ノ丞が首を縦に振った。

弦ノ丞を送り出した滝川大膳は、松浦家の辻番を総入れ替えした。

「岩淵源《いわぶちげん》五郎《ごろう》、達藤《たつふじ》一朗太《いちろうた》、地方《じかた》譲《ゆずる》、辻番を解き、作事方下役を命じる」

「御家老さま……」

呼び出された岩淵源五郎たちが絶句した。

辻番は徒組になる。対して、作事方下役はかろうじて足軽ではないという軽輩で、徒組よりかなり下になった。

「我らになんの落ち度がございましたので」

達藤一朗太も滝川大膳へ理由を求めた。

「それがわからぬとは、情けなし」

滝川大膳が大きく嘆息した。

「藩に傷がつかなかったゆえの温情じゃ。でなくば、奉公構いになったものと思え」

「奉公構い……それはいくらなんでもおかしゅうござる」

岩淵源五郎が抗弁した。

「……そうか、おかしいか」

「おかしゅうござる。御家老さまが、ご姻戚の斎どのが国元へ戻されたことにご不満をお感じになられるのはわかりまする。ですが、その怒りをわたくしどもに向けられるのは、いささか公私混同が過ぎましょう」

八つ当たりは止《や》めてくれと岩淵源五郎たちが、滝川大膳に苦情を申し立てた。

「……言いたいことはそれだけかの」

「えっ」

十分言わせたあと、滝川大膳がそう告げると岩淵源五郎たちは詰まった。

「では、下がれ。すでに殿のご裁可もおりておる。今更、変更はない」

滝川大膳が手を振った。

「お待ちを……」

「辻番とはなんだ」

まだ喰《く》い下がろうとした達藤一朗太に、滝川大膳が問うた。

「辻番とは、屋敷の前の辻を警固《けいご》する者でございまする」

「なんのために」

答えた達藤一朗太に、滝川大膳が続けて訊いた。

「江戸の治安を維持するためでございまする」

「それはなんのためになる」

さらに滝川大膳が続けた。

「…………」

「御上《おかみ》の、ひいては上様のご威光を天下に示すため」

答えられなくなった達藤一朗太に代わって、岩淵源五郎が述べた。

「そなたは旗本か。松浦家の臣だと思っていたが、違ったようじゃ」

「それはっ」

あきれた滝川大膳に、岩淵源五郎が顔色を変えた。

「武士はすべて主君のためにある。そのために普段から禄《ろく》を給していただいている。これをご恩といい、それに報いるために奉公をなす。そなたたちの禄はどこから出ている」

「…………」

そこまで言われれば、よほどの馬鹿でない限りわかる。

岩淵源五郎が黙った。

「辻番は松浦家を守るためにある。家を守らず、己の身を大事と思うような輩《やから》に、任せられるものではない。わかったならば、さっさと下がれ」

「……ご無礼を仕《つかま》つりました」

「ご寛容のほどを願いまする」

「申しわけございませぬ」

三人のもと辻番たちが、悄然《しょうぜん》と滝川大膳の前から去っていった。

「戦《いくさ》がなくなったことは喜ばしいかぎりだが……」

一人になった滝川大膳が独りごちた。

「禄をもらうのが当たり前と考え、なにがお家のためにできるかを考えもせぬ者が増えては、碌《ろく》な世にならぬわ」

滝川大膳が瞑目《めいもく》した。

三

長崎出島《でじま》に移されたオランダ商人たちの戸惑いは大きかった。

「出歩くな。許可なく客を招くな。商いは会所の者とだけいたせ」

平戸のときは、オランダ商館から、好きなときに出られたし、町中で食事をしても、買いものをしても問題はなかった。

もちろん、遊里で女と戯れることもできた。

本国を遠く離れた異国の地で望郷の念はあっても、日々を楽しく、忙しく過ごすことができていた。また、平戸松浦家の役人も、あまりうるさいことは言わず、オランダ商館に出入りする者たちは、流暢《りゅうちょう》とまではいかなくともオランダ語を話し、意思の疎通もできた。

つまり、商売がうまく回っていたのだ。

言葉が通じないと、どうしても商売は固くなる。

これはいくらだと提示して、買うか買わないかだけの遣り取りになってしまう。それが、話し合えるだけで拡《ひろ》がっていく。

「これがお気に召したならば、こちらもありますよ」

「三つ買うので、少し値引きしてください」

「次の船で入ってくると思います。取り置きしますか」

「お金が足りないので、この商品を代わりにしてください」

通詞を間に挟めばいいと考えるかも知れないが、正しく伝えているという保証はない。

「一個二十両」

と呈示したものを、質《たち》の悪い通詞が上乗せするということはままある。

「二十二両だそうでございます」

こうして二両抜くのだ。

他にも商売敵に金で買われて、在庫の有無を偽ったりもする。

「売り切れているそうです」

そう言って商売敵に購入をあきらめさせる。

さらに幕府長崎奉行所の役人の態度も悪い。

「それ以上はならぬ」

「塀の上から顔を出すな」

少し外を見たいと思っても、すぐに棒を持って邪魔をしに来る。

「帰りたい」

海を越えて、すなわち命をかけて交易の利を求めるオランダ商人たちが、げんなりするのに暇《いとま》はかからなかった。

「長崎警固である」

そこへ福岡藩黒田家、佐賀藩鍋島《なべしま》家が割りこんできた。

直接、オランダ人たちと長崎の町中で接することはないが、船の検査だと言って、乗りこんでくる。

「真《まこと》に和蘭陀船か。英吉利《エゲレス》や西班牙《イスパニア》ではあるまいな」

堂々とオランダ国旗を揚げている船にも乗りこんできて、なかを荒らしていく。さすがにものを盗むようなまねはしないが、あからさまな嫌がらせである。

目の前に出島がありながら、その手前で積み荷を荒らされる。船の安全な運航に積み荷の崩壊はまずい。船は水に浮いているだけに、積み荷が片寄ったりすれば、重心を崩して横転するかも知れないのだ。

荒らされた積み荷をもとの位置に戻すだけでも、余計な手間とときがかかる。

「平戸が懐かしい」

オランダ商人たちはあからさまに長崎を嫌がった。

米を作れる田が少ない平戸松浦家は、もともとが海賊であったということもあり、船での交易を重視していた。

「よくぞ、お出《い》でである。このあたりは海流が複雑でござれば、先導いたしまする」

「水は大事ござらぬか。病人などおられたら、ただちに医師を呼びましょう」

松浦家の対応は、オランダ商人たちへの気遣いに満ちていた。

「これをいただきたい」

「少し値を引いてはいただけまいか」

平戸の商人たちも、交渉はするが真摯であり、だまそうとはしない。

「商館長、もう我慢がなりません。徳川へ訴えて、平戸に帰してくれと言うべきです」

オランダ商人の不満は数年で限界に達していた。

「待て。天草で叛乱《はんらん》があったばかりだ。今、徳川になにを言っても逆効果にしかならない」

オランダ商館長ヤン・ファン・エルセラックが詰め寄る商人を宥《なだ》めた。

「これ以上の面倒は嫌です。もう、交易はやめてもいい」

「それは……」

オランダ商人の怒りに、ヤン・ファン・エルセラックが顔色を変えた。

「日本との交易を捨てることはできない」

苦い顔でヤン・ファン・エルセラックが言った。

「やっとイギリスとスペイン、ポルトガルがいなくなったのだ。これからこの東の果てとの交易は吾《わ》がオランダが独占できる。この国で採れる貝や鮫《さめ》を干した物は、明《みん》で高く売れる。他にも刀、醬油《しょうゆ》、どれも本国へ持ち帰れば、莫大《ばくだい》な利益を生む。それを捨てられるわけはない」

「わかってはいるが、あまりに邪魔をされる」

ヤン・ファン・エルセラックの意見に、オランダ商人たちが愚痴を漏らした。

「一応の苦情は入れる」

ヤン・ファン・エルセラックが折れた。


長崎奉行馬場三郎左衛門利重《ばばさぶろうざえもんとししげ》は、ヤン・ファン・エルセラックの訪問を受けた。

「なるほど、長崎警固の者どもが無体をなすと申すのであるな」

「無体ではございません」

あわててヤン・ファン・エルセラックが否定した。

無体とは法度《はっと》に違反した行為とも取られる。幕府の任じた長崎警固役に苦情を付けるのは、幕府に文句があると取られかねない。

「吾が国の旗を揚げている船に、お調べは要らないのではございませぬか」

「旗は揚がっていても、それが和蘭陀の船とは限るまい。英吉利や葡萄牙《ポルトガル》の船が、和蘭陀を装っていることもあり得よう。寛永十七年（一六四〇）の葡萄牙船長崎入港のことは存じておろう」

「はい……」

ヤン・ファン・エルセラックが馬場利重の言葉にうなずいた。

寛永十六年、天草の乱を機として、ポルトガル人来航禁止の令が出た。それはマカオを支配するポルトガルにとって、驚愕《きようがく》の事態であった。

マカオは日本との交易で稼いだ利をもって経営されていたのだ。もし、この禁令に従って日本との交易をあきらめれば、マカオの衰退は確実になる。力を失った植民地は、どこかの列強に呑《の》みこまれるのが運命《さだめ》である。

マカオの長官ドン・セバスティアン・コルタドは、なんとかして日本との交易を維持すべく、四人の通商代表を選び、長崎へ送りこんだ。

このとき、ポルトガル人が乗ってきたのは、マカオで調達した古い唐船であった。唐風の帆船、チャヤオと呼ばれた船はポルトガルの船とは思われず、無事に長崎から少し離れた大村《おおむら》領戸町《とまち》村《むら》の浦戸に到着した。

上陸したのがポルトガル人と知って、顔色を変えた大村藩はただちに長崎奉行へ注進、馬場利重が対応した。

長崎奉行馬場利重は、天草の乱では総大将板倉内膳正重昌《いたくらないぜんのかみしげまさ》の副将格として参戦、熊本細川家の軍監を務めた。

「許しがたし者どもである」

総大将板倉内膳正重昌を失うなど、大きな被害を目の当たりにした馬場利重は、キリシタンたちの怖《おそ》ろしさを身に染みて知っている。

ポルトガル人の再来は、天草の乱を思い出させ、我慢できないものであった。

「どれだけ無辜《むこ》な者が死に、苦しんだか。その原因はおまえたちにある」

幕府への嘆願をしに来たポルトガル人を馬場利重は投獄、江戸へ指示を仰いだ。

ポルトガルが国禁を犯したという大事に、老中松平伊豆守信綱《まつだいらいずのかみのぶつな》以下は迅速に対応した。

ポルトガル人が日本に着いた翌月の六月十四日、上使加賀爪民部少輔忠澄《かがつめみんぶしょうゆうただすみ》が長崎奉行所に入った。加賀爪民部少輔忠澄は、初代江戸南町奉行でもあった。

「前年御停止仰せ付けられ候処《そうろうところ》、令を相守らず渡海候段不届である」

加賀爪民部少輔の決断は厳しいものとなった。

使節団の責任者たちを始め六十一人が死罪、身分の軽い者、医師などの十三人が追放となった。

「葡萄牙の者を残すな」

さらに加賀爪民部少輔は、ポルトガル人たちが乗ってきた唐船を焼き、積み荷ごと海へ沈めた。

そのときのことを馬場利重は言っていた。

「唐船に模してきたのだ。次は和蘭陀船に擬態してこぬとは言えまいが。ゆえに船のなかまで調べておる。それが不満だと申すならば、和蘭陀の来航も禁ずべしとして、ご執政衆へ上申いたしてもよいのだぞ」

「お許しを」

冷たく拒まれたヤン・ファン・エルセラックは、馬場利重の前から下がるしかなかった。

「駄目であった」

「…………」

出島へ戻ったヤン・ファン・エルセラックを商人たちが冷たい目で見た。

長崎におけるオランダ交易は、糸割符《いとわっぷ》商人たちの独占であった。福岡、平戸などの商人は、糸割符商人たちから交易品を手に入れるしかなく、割高な値段にも文句が言えなかった。

平戸から長崎へと店を移した商人が顔を見合わせてため息を吐いた。

「三崎屋さん」

「大久保屋さん」

「商いはいかがでございました」

「よいわけございませんよ。見てくださいな、この瑠璃《るり》の盃《さかずき》」

大久保屋から問われた三崎屋が、手にしていた木箱を開けた。

「随分ときれいな青じゃございませんか」

「いくらだと思われます。もちろん、平戸で買うとしての話で」

三崎屋が訊いた。

「平戸の和蘭陀商館で……そうですなあ。きれいですが、いささか小さい。出して、銀四貫ですか」

多少の変動はあるが、銀四貫は百両にあたる。

「でございましょう」

大久保屋の答えを三崎屋が認めた。

「それが、銀六貫でございますよ」

「六貫……」

三崎屋の口にした金額に大久保屋が目を剝《む》いた。

「どちらの商店でございますか」

大久保屋が売主を尋ねた。

「肥前屋さんで」

「ああ」

三崎屋の出した名前に、大久保屋がうなずいた。

「それでも二貫の上乗せは酷《ひど》うございましょう」

「でございますな。五百匁《もんめ》がいいところでしょう」

賛同を求めた三崎屋に大久保屋が同意した。

「手には入れましたが、これでは商いになりません。これを大坂へ持ちこんでも、五貫にもなりますまい」

「大坂は金にうるそうございますからなあ」

嘆く三崎屋に、大久保屋が首肯した。

「となると江戸でございますか。江戸ならば好事家《こうずか》が多く、多少高くても珍品を求めるお方はおられる」

「そうせざるを得ませんが、江戸まで運ぶとなると、いろいろと金もかかりますので、銀七貫では儲けが出ません」

「八貫となると、買い手が渋りましょう。いいところ七貫五百匁」

「はい。儲けはほとんど出ません。江戸まで行く手間だけ持ち出し」

大きく三崎屋が息を吐いた。

「商いになりませんなあ」

「わたくしどもが、平戸から移ってきた新参者だということは重々承知しておりますがね。それにしても……長崎の連中は足下を見すぎですな」

しみじみと言った三崎屋に大久保屋が同意した。

「もう、あきらめますかな」

三崎屋が肩を落とした。

「話がございますが……」

大久保屋が声を潜めた。

「なんのお話で」

合わせて、三崎屋も声を落とした。

「じつは、昨日八幡町《やはたまち》へ行って参りましてな」

「八幡町とは、お盛んなことだ」

大久保屋の言葉に、三崎屋が応じた。

八幡町とは、紙屋町《かみやまち》、古町《ふるまち》、大井手町《おおいでまち》などと並ぶ、長崎の遊郭であった。

「そこで相手をしてくれた女が、出島出入りをしておりまして」

出島出入りとは、オランダ人とも閨《ねや》を共にする遊女のことだ。異国の言葉を覚えるには、男女の仲になるのがいいと言われているように、ちょっとした会話くらいはできた。でなければ、行為だけの相手になってしまい、何度も呼んでもらえなくなる。そこまでして気に入ってもらうのは、オランダ人たちの払いが普段の数倍に及ぶからだ。

「……………」

無言で三崎屋が先を促した。

「ことを終えた後の睦言《むつごと》で、和蘭陀人から聞かされたそうでございますが……」

「なんと申しておりました」

興味があるとばかりに、三崎屋が身を乗り出した。

「もう、長崎は嫌だ。平戸へ帰りたいと」

「長崎は嫌だ。平戸へ帰りたい……でございますか」

大久保屋の話に三崎屋が腕を組んだ。

「はい」

強く大久保屋がうなずいた。

「それは、わたくしどもも同じ思いでございますが……御上によって平戸から和蘭陀商館は失われてしまいました」

三崎屋が嘆息した。

「新たな商館を作りませんか」

「な、なにをっ」

大久保屋の提案に三崎屋が驚愕した。

「平戸には、他人目《ひとめ》に付かない島が、人の住んでいない島がいくつもございましょう。そこに商館とは言えませぬが、取引のための小屋を……」

「いけません、大久保屋さん。御上の手を経ない南蛮取引は、御法度でございます」

語った大久保屋を三崎屋が制した。

「なにも切支丹《キリシタン》の坊主を、いるまんを招こうというわけじゃございませんよ」

顔色を変えた三崎屋に大久保屋が笑って手を振った。

「ですが……」

「では、言い換えましょう。はるばる南蛮から来てくれた船が、風待ち、潮待ちできる場所を作る」

「風待ち、潮待ちのための場所」

大久保屋の言いぶんに、三崎屋が平静を取り戻した。

当たり前のことだが、船は天候の影響を受ける。風がなければ進まないし、波が荒ければ危険である。それを避けるための行為は、賞賛されこそすれ、罰するわけにはいかない。

「御上が許されますか」

「見つからなければ、大事ございませんよ。和蘭陀から長崎出島へ向かう、出島から和蘭陀へ帰る船が、風待ち、潮待ちをする。そこへ、偶然、わたくしたちの船が通りかかる。それだけのこと」

「偶然通りかかる……」

大久保屋の語りに三崎屋が呟《つぶや》いた。

「これならば、御上もお叱りになれますまい」

「むうう」

三崎屋が唸《うな》った。

「このままでは、落ち目になるだけでございますよ」

「それはそうなのでございますが、松浦さまがどう動かれるか」

三崎屋が懸念を口にした。

「松浦さまには、幾ばくかの運上をお納めすればよいと考えております。和蘭陀商館がなくなって、もっとも影響を受けられたのは、松浦さまでございましょうから」

大久保屋が大丈夫だと述べた。

「少し、考えるときを」

「駄目ですな。聞いた以上は、加わってもらいますよ」

「なにを言われる」

厳しい顔をした大久保屋に三崎屋が驚いた。

「訴人《そにん》されてはたまりません」

「そのようなまねをわたくしがするはずございません」

長崎奉行所に密告されてはたまらないと言った大久保屋を三崎屋が否定した。

「…………」

無言で大久保屋が三崎屋を見つめた。

「大久保屋さん……」

三崎屋が力なく呼びかけた。

「このまま長崎の商人の好き放題を許して、店を左前にしていくか。そうそう風待ちもないでしょうから、月に一度ほど偶然を装って、儲けを得るか」

「…………」

決断を求めた大久保屋に、三崎屋が震えた。

四

平戸で屋敷を与えられたとはいえ、弦ノ丞はまだ無役のままであった。

「出世させるわけにもいかぬしの」

国家老熊沢作右衛門が難しい顔をした。

一応、弦ノ丞は江戸詰め藩士たちの反発で国元へ帰された形をとっている。その弦ノ丞が国元で重要な役目に就いては、江戸詰め藩士たちの不満は収まらない。

藩の存亡を考えず、吾が身のことしか考えない愚かな江戸詰め藩士たちなど、召し放ってもいいのだが、先日の松倉藩の牢人《ろうにん》たちが無謀をしでかした後である。藩から捨てられたならばと、自暴自棄になられても困る。

なにせ平戸藩松浦家は、幕府に、松平伊豆守に目を付けられているのだ。それこそ、藩に恨みを持つ牢人を生み出すなど、碌なことにはならないとわかっている。

「かといって、あのまま埋もれさせるには惜しい」

熊沢作右衛門が独りごちた。

「あの若さで、今なにをすべきかの優先順位をまちがえぬのはなかなかである。有為の人材を遊ばすわけにもいかぬ」

御用部屋で熊沢作右衛門が苦吟していた。

「御家老さま」

襖《ふすま》の外から取次の声がした。

「どうした」

「大久保屋がお目通りをいただきたいと」

襖を開けて取次役の藩士が顔を出した。

「……大久保屋。かつて崎方町に店を持っていた大久保屋か」

「さようでございまする」

熊沢作右衛門の確認に、取次役の藩士が応えた。

「平戸をさっさと見捨てて、長崎へ逃げ出した大久保屋が、今更何用だ」

「お願いの儀があると」

「願いだと」

取次役の藩士の言葉に、熊沢作右衛門が眉を吊《つ》り上げた。

「帰らせますか」

熊沢作右衛門の機嫌が悪くなったことに気づいた取次役の藩士が訊いた。

「……いや」

少し考えて熊沢作右衛門が首を横に振った。

「なにを申すのか、聞くのも一興である」

「では」

「ああ、待て。もう、領民ではないのだ。御殿に入れさせるな。玄関外にて待たせよ。儂が行く」

御用部屋へ通そうとした取次役の藩士を熊沢作右衛門が止めた。

長く平戸のオランダ商館を利用して、とてつもない財を築いておきながら、出島へ商いの舞台が移るなり、あっさりと本拠を移し、城下の衰退にかかわった交易商人たちを、熊沢作右衛門は嫌っていた。

「はっ」

取次役の藩士も納得した顔で下がった。

「少し待たせてくれるわ」

わざと熊沢作右衛門は執務に取りかかった。

「……恨まれてますすな」

かつて城下で店をしていたときは、すぐに御用部屋の隣にある控えの間へ通され、待つこともなく家老たちと会えた。それが、玄関にも上げてもらえず、放置されている。

「まあ、寂れてましたからな。無理はないですね」

長崎から店の持ち船で平戸へ来た大久保屋は、平戸の玄関口である港の空《す》きぐあいにあきれていた。

オランダ商館があったころは、それこそ船泊待ちをしなければ荷揚げもできなかったし、港も荷揚げ人足で溢《あふ》れ、飲食をさせる屋台店が軒を並べていた。

それが今は港には藩船以外の姿はなく、荷揚げ人足は影も形もない。もちろん、屋台など一つも出ていない。

「これはまちがえましたかね。わたくしの代では、出島商人に馴染《なじ》むことに専念し、息子、あるいは孫の代に、糸割符の仲間に入る。一代どころか五代くらいは喰えるだけの財はありますしね」

待たされていると碌なことを考えない。大久保屋は平戸へ来たことを後悔し始めた。

「……しかし、わたくしの代で負けっぱなしというのも気に入りません。長崎商人が儲けたぶん、こちらの財産が減るわけですし」

大久保屋が思案に入った。

「久しいの、大久保屋」

そこへ熊沢作右衛門が出てきた。

「……これは、熊沢さま。ご無沙汰をいたしております」

あわてて思案から抜けた大久保屋が頭を下げた。

「長崎はどうじゃ。出島は栄えていると聞くぞ」

熊沢作右衛門が嫌味を放った。

「かつてのこちらさまほどではございませぬ」

いけしゃあしゃあと大久保屋が応じた。

「……そうか」

熊沢作右衛門が鼻白んだ。

「で、今日はなんだ。なにやら願いごとがあるとか申しておるそうじゃが」

やはり不快だと、熊沢作右衛門が大久保屋を急《せ》かした。

「度島《たくしま》に蔵を作らせていただきたいのでございまする」

「……度島に」

大久保屋の願いに熊沢作右衛門が怪訝な顔をした。

度島とは、平戸の海上三十丁余り（約四キロメートル）ほど沖合に浮かぶ周囲三里（約十二キロメートル）ていどの小島である。

大島と生月島《いきつきしま》との間に挟まれたような位置にあり、島の東側に二つの港がある。漁村と小さな集落だけしかなく、熊沢作右衛門には大久保屋が蔵を作る理由がわからなかった。

「長崎から博多へ向かう途中で船泊をしたいと思いまして」

輸送の中継地点と考えてのことだと大久保屋が説明した。

「船泊ならば、平戸の港を使えばよかろう。港ならば、わざわざ蔵を建てずとも、空きはいくらでもある」

「せっかくのお話でございますが……いささか」

熊沢作右衛門の勧めに、大久保屋が頬をゆがめた。

「ああ、気詰まりか」

「…………」

手を打った熊沢作右衛門に、大久保屋が無言で肯定した。

「商家の引っ越しで、平戸は寂しくなったからな。今更、船泊だけさせてくれとは虫が好《よ》すぎるの」

「…………」

露骨に非難する熊沢作右衛門に、今度は大久保屋が鼻白んだ。

「いかがでございましょうか。お認めいただけましょうや」

気を取り直した大久保屋が、もう一度熊沢作右衛門に頼んだ。

「蔵を建てるか。いかほど建てるつもりだ。それから、蔵番はどうする」

詳細を熊沢作右衛門が求めた。

「当座蔵は三つと考えておりまする。蔵番につきましても、何名かは常駐させまする」

「蔵番のための造作は」

「一棟用意しようかと。台所、蔵番の部屋、客間、厠《かわや》に風呂と最低のものではございますが」

「ちょっとした店の造りになるな」

「はい」

熊沢作右衛門の確認に、大久保屋がうなずいた。

「ただというわけにはいかぬ」

「承知いたしておりまする。いかほどお出しすれば」

家賃を要求した熊沢作右衛門に、大久保屋が尋ねた。

「そうよな……蔵一つに一両、造作一つに二両。合わせて五両もらおう」

「年に……」

「馬鹿を申すな。月にじゃ。年ならば六十両だ」

「年に六十両とは、いささか高《たこ》うございまする。年に三十両ではいかがで」

「五十両じゃ」

「では、四十両」

「帰れ」

まだ値切る大久保屋に、熊沢作右衛門が手を振った。

「なにもなさらずに四十両入るのでございますが……」

「足下を見るような商人、とくに捨てていくような商人とのつきあいはもうせぬと決めたのでな。大久保屋、二度と領内に立ち入るな。出ていけ」

言い募ろうとした大久保屋を熊沢作右衛門が追い出そうとした。

「わかりましてございまする。五十両、お支払いいたしまする」

大久保屋が折れた。

「ならばよい。度島に蔵三つ造作一つを建てるを許す。ただし、蔵の数を増やしたり、造作を大きくしたりしたときは、かならず申し出よ。もし、勝手なまねをいたしたとあれば……」

ちらと熊沢作右衛門が朽ちた平戸城の跡の見える日ノ嶽へ顔を向けた。

「燃やすと……」

大久保屋が息を呑んだ。

「…………」

熊沢作右衛門は肯定も否定もしなかった。

「わかりましてございまする」

首肯した大久保屋が、懐から袱紗《ふくさ》包《づつ》みを出した。

「五十両でございまする」

「うむ。これは今日からのぶんであるな」

「……それで結構でございまする」

まだ蔵の一つも建っていないのに、今からの家賃を受け取った熊沢作右衛門に、一瞬大久保屋があきれた。

「では、よしなにお願いをいたしまする」

そそくさと大久保屋が帰っていった。

「……ふむ」

玄関式台に置かれた袱紗包みを見下ろしながら、熊沢作右衛門が鼻を鳴らした。

「あの大久保屋が、平戸をまっさきに見限った大久保屋が、金を払ってまで度島に船泊を作りたいだと……」

熊沢作右衛門が疑わしそうな顔をした。

「腑に落ちぬ」

袱紗包みを拾いあげて、熊沢作右衛門は御用部屋へ戻った。

「いかがでござった」

御用部屋で待機していた他の執政たちが、戻ってきた熊沢作右衛門に問いかけた。

「あやつは……」

熊沢作右衛門が経緯《いきさつ》を語った。

「船泊が欲しい……か」

「たしかに長崎から博多までは、波の荒い玄界灘を通らねばならぬ。夏から秋には大風があり、冬は冷たい風雨が襲う。船泊が要るのはたしかだな」

「まあ、五十両はありがたい」

「でござるな。わずかとはいえ、毎年入るわけでございますからの。十年で五百両は大きい」

執政たちが口々に意見を出した。

「少し気になることがある」

一通り発言が終わるまで待っていた熊沢作右衛門が口を出した。

「なんでござろう」

家老の村松が先を促した。

「あの大久保屋が、五十両もの大金を毎年払ってでも船泊が欲しい。これが気になる」

「なるほど」

「それはたしかに」

熊沢作右衛門の懸念に、数人の執政たちがうなずいた。

「高価な唐物を持って、嵐のなかを行きたくないだけでは」

村松が考えすぎだろうと述べた。

南蛮船の工夫などを取り入れ、随分と減ったが、それでも船の事故はある。強風に煽《あお》られて転覆したり、雪や霧で前方が見えなくなって、暗礁に乗りあげたりと、毎年のように人死にが出ている。

当然だが、船が沈めば、積み荷はすべて海の藻屑《もくず》になる。一個数百両からする南蛮の珍品でも、沈んでしまえばそれまでなのだ。

村松の言葉は正論であった。

「船泊ならば、新たに作らなくとも、そこいらにあろう。平戸湊はさすがに大久保屋を受けいれまいが、他に佐賀藩鍋島領にも港はある」

熊沢作右衛門がまだ気に入らぬと述べた。

「長崎から博多へ向かうに、鍋島さまの御領地は、博多に近すぎる。つまり、長崎から遠い。その点、度島ならば、ほぼ中間になる。それではございますまいか」

「それはありえる」

村松の推察を熊沢作右衛門も認めた。

「だが、気に入らぬ」

熊沢作右衛門は首を横に振った。

「大久保屋にとって、当家はすでに過去である。向こうが縁を切ってきた。その当家に、金を払ってまでつきあいを復活させるなど……」

「筆頭さまのご心配もわかりまする」

村松が同じ思いだと言った。

「これは、よく調べねばなりませぬな」

「とはいえ、金はもうもらってしまったが」

熊沢作右衛門が袱紗包みを懐から出した。

「もう払って参りましたか」

早いと村松が驚いた。

「あらかじめ用意していたようだ」

熊沢作右衛門が告げた。

「それは気に入りませんな」

村松の表情が変わった。

「失礼ながら、筆頭さま。この金を大久保屋はどのように差し出しました」

「普通に懐から出したぞ」

「金の増減などもなく」

「なにもなかった。すっと取り出したのが、これだ」

「御免」

熊沢作右衛門の返答に、村松が袱紗包みを手に取って開いた。

「小判の包み二つ……」

きっちりと金包みが二つ並んでいた。

「中身を確かめましょうぞ」

村松が包みの紙を破いた。

「十二、十三……二十四、二十五。一つ二十五両で二つ。五十両にまちがいございませぬ」

「うむ」

報告した村松に、熊沢作右衛門が満足そうに首肯した。

「勘定奉行」

「はっ」

村松に呼ばれた勘定奉行が応じた。

「度島に蔵三つと造作一つで、地代はいかほどになるか」

「港を使わねば、年に二十両もかかりますまい」

度島は島といっても、船ですぐの距離にある。船での交通が主になる肥前の端では、かなり便利な場所であった。

「港を使うとしたならば……」

「入る船の数、大きさなどで変わりまするが、使用料は三十両から五十両というところでございましょうか」

続けた村松の質問に、勘定奉行が告げた。

「むうう」

熊沢作右衛門が唸った。

「つまり、最初から大久保屋は五十両払うつもりでいた」

「……おそらくは」

確認した熊沢作右衛門に村松が首を縦に振った。

「渋って見せたのは、振りだけか」

熊沢作右衛門が悔しそうな顔をした。

「いや、そこは問題ではない。問題はあの大久保屋が不義理をした当家に頭を下げてまで、度島を借りたかった理由だ」

「度島から金が出るということはないな」

熊沢作右衛門が勘定奉行に訊いた。

「そのような話は知りませぬ」

勘定奉行が首を左右に振った。

「気になるであろう」

「はい」

熊沢作右衛門に言われた村松が同意した。

「調べたほうがよさそうでございますな」

「であろう。勘定奉行」

同意した村松にうなずきながら、熊沢作右衛門が勘定奉行へ金包みを押し出した。

「遣わずに、保管しておけ」

「……遣ってはいけませぬか」

勘定奉行が惜しそうな顔をした。

「面倒なことになっては困るであろう。いつでも大久保屋に返せるようにしておきたい。もちろん、大丈夫だとわかれば、そなたに任せる」

「……わかりましてございまする」

遣い道は任すと言われて、勘定奉行が納得した。

「ですが、筆頭さま、どういたしましょう」

中老の一人が問うた。

「度島に、大久保屋がなにをするのかを見張るための人を入れまするか」

村松が提案した。

「それはせねばなるまいな。郷足軽は度島におるか」

「一人か二人は、おるはずでございまする」

熊沢作右衛門の問いかけに組頭が答えた。

「郷足軽頭に命じて、二人ほど増やさせよ」

「はっ」

組頭が熊沢作右衛門の指示に従った。

「では、大久保屋のことについては、これまでとしよう。一同、大儀であった。下がってよい」

熊沢作右衛門が解散を指示した。

「はっ」

「では」

礼をして、勘定奉行や組頭たちが御用部屋を出ていった。

「ああ、村松は残ってくれ」

熊沢作右衛門が家老の村松を留《とど》めた。

「なにかの」

村松が座りなおした。

「少し待て」

一同がいなくなるまでと、熊沢作右衛門が手で合図をした。

「…………」

意図を読んだ村松が黙った。

「もうよかろう」

二人きりになったところで、熊沢作右衛門が話を始めた。

「村松、ちょうどよいと思うのだが」

熊沢作右衛門が村松の顔を見た。

「ちょうどよいと言われると……」

村松が首をかしげた。

「斎のことよ」

「江戸から戻されてきた、あの辻番頭の」

言われた村松が思い出した。

「藩への忠義は江戸でのやりようでわかっているし、妻は江戸家老滝川大膳の一族じゃ。これほど安心できる者もおるまい」

「安心できるのはわかりまするが、なにを斎にさせるのでござる」

熊沢作右衛門の言葉に、村松が尋ねた。

「大久保屋を見張らせようと思う」

「……大久保屋の見張りとなりまするると、長崎へ行かせると」

「うむ」

確かめる村松に熊沢作右衛門が首肯した。

「ちょうど御上からも、長崎警固の助役を打診されていたであろう」

「江戸からそのような通達があったのは存じておりまする」

「まったく、そこまでして当家に負担をかけたいのか、松平伊豆守さまは」

「武具蔵を見られたのが痛かったですな」

熊沢作右衛門と村松の二人がそろってため息を吐いた。

天草の乱の際、板倉内膳正重昌と総大将を代わるべく九州へ来た松平伊豆守信綱は、一揆《いっき》勢を海から攻撃すべく、オランダ商館に南蛮船の出撃を命じるため平戸を訪れた。そのとき、平戸藩の武器蔵を見たいと言い出し、そこに詰まっていた最新式の西洋銃や大筒のことを知った。

とても六万石やそこらでは維持できない軍備に驚いた松平伊豆守は、交易がどれだけの利を生み出すかをあらためて知り、外様大名である松浦家からそれを取りあげるべく、オランダ商館を長崎の出島へと移したのであった。

「まったく、天草や島原《しまばら》の牢人どもは要らぬまねをしてくれた」

一揆さえなければ、まだオランダ商館は平戸にあり、藩政も裕福なはずであった。熊沢作右衛門が文句を言った。

「それにしてもしつこい御仁でございますな。当家の力は十分に削《そ》いだでしょうに、まだ金のかかる長崎警固をさせようとは」

村松も不満を口にした。

「貯《た》めこんでいる金を吐き出させたいのだろう。まあ、当家は黒田家や鍋島家とは比べものにならぬほどの小藩じゃ。警固も副役とされているが、それでも金はかかる。警固の者が詰める小屋の新築、維持と藩船の派遣と年間どれだけの持ち出しになるか」

熊沢作右衛門が難しい顔をした。

「さらに長崎警固は長崎奉行の指図を受ける。どのような無理を押しつけられるか……」

力なく熊沢作右衛門が首を横に振った。

「むう」

村松も唸った。

「そこに大久保屋であろう。まったく厄事は重なる」

熊沢作右衛門が瞑目した。

「その厄事を少しでもましにするために斎を行かせようと思う。長崎警固の下調べとして、家老の一門である斎を行かせれば、名目は立つ。黒田家や鍋島家も不審には思うまい。なにより長崎奉行どのへの面目も立つ」

熊沢作右衛門が妙案だろうと言った。

「斎だけでは若すぎませぬか」

村松が斎の経験が浅いことを危惧した。

「ならば、かつて江戸で辻番をしたときの組み合わせを復活させよう。田中正太郎と志賀一蔵の二人を共に行かせれば、問題なかろう。どちらも、使える者どもじゃ」

「それならば」

熊沢作右衛門の提案に村松も同意した。

第二章　長崎の風景

一

老中松平伊豆守信綱の頭から、松浦家のことなど消えていた。

それほど執政というのは忙しい。すでに二年以上経《た》ったというのに、いまだ天草の乱は尾を引いている。松倉家、寺沢家の処遇も決まった。松倉家は取り潰し、寺沢家は天草を取りあげられた。

「松倉の後はなんとかなっているが……」

松平伊豆守が難しい顔をした。

「どうした、長四郎」

「三四郎か」

悩んでいる松平伊豆守に老中堀田加賀守正盛《ほったかがのかみまさもり》が声をかけた。

「天草をどうするかと思うての」

「ああ」

松平伊豆守の言葉に、堀田加賀守がうなずいた。

「荒れ果てていると聞いたが」

「島原ほどではない」

堀田加賀守の言葉を松平伊豆守が否定した。

「たしかに天草は人がおらぬようになったとはいえ、田畑の荒れようは島原よりはましだ」

現地を知っている松平伊豆守が述べた。

「島原は松倉が愚かに絞ったゆえ、田畑の手入れさえもされなかったらしく、一からやり直しじゃ」

小さく松平伊豆守がため息を吐《つ》いた。

「四万石だったかの、松倉は」

「おうよ。その四万石を十万石じゃと届け出ての」

天草の乱の責任を取らされて、松倉勝家《かついえ》は切腹ではなく斬首された。父松倉重政《しげまさ》からして、無理な藩政を敷いていた。

「十万石とは、倍以上ではないか」

堀田加賀守があきれた。

「であろう。だがの、それは先代の話でな。あの愚か者は、さらにもう十万石高上げをしようとしたらしい」

「さらに十万石……合わせて二十万石だと。もとは四万石であろう。それは無理じゃ」

松平伊豆守の話に、堀田加賀守が驚愕《きょうがく》した。

「それをしてのけたのよ。年貢は九公一民までいったという」

「百姓に死ねと言うのと同じではないか」

堀田加賀守が絶句した。

「そのうえ、人頭税、棟税、窓税とかけたらしい」

「……一揆《いっき》は当然だな。島原の百姓が哀れになってきたわ」

「三四郎、哀れではない。上様の御世《みよ》に乱れを起こしたのだ。罪人じゃ」

憐憫《れんびん》の情を見せた堀田加賀守を松平伊豆守が注意した。

「……であったの」

堀田加賀守がうなずいた。

「どれだけ酷いことがあろうとも、御上《おかみ》に弓を引けば、滅ぼされる」

「うむ」

厳しい口調の松平伊豆守に堀田加賀守が同意した。

「だがの、それだけ厳しければ逃散《ちょうさん》も多かったであろう」

「そのあたりは調べておらぬが、かなりの百姓たちが隣藩へと逃げ出したであろうな」

堀田加賀守の懸念を松平伊豆守が認めた。

「百姓がいなくなれば、田畑を手入れする者がいなくなる。米の穫《と》れ高《だか》が減って、より年貢が少なくなろうに」

なぜ松倉勝家はそのような馬鹿なまねをしたのかと、堀田加賀守が首をかしげた。

「百姓ではなく、年貢で考えるからであろうな。人がいなくなっては耕す土地が減るとは思いつかぬ。算術ができぬのよ」

松平伊豆守が嘲笑を浮かべた。

「武だけの男か、松倉は」

「父重政は、関ケ原では主家に反して、一人家康さまの陣に伺候したというが……」

二人の執政が顔を見合わせた。

「どちらにせよ、上様の御世には不要である」

「ああ」

松平伊豆守の断言に堀田加賀守が首肯した。

「そういえば、島原の後は高力《こうりき》が入れられたのだな」

「うむ。高力は上様の御信任も厚い」

確認した堀田加賀守に、松平伊豆守が首を縦に振った。

「高力は浜松から島原へ移されたのだな」

「ああ」

「高増しは」

「ないの。四万石はそのままで移された」

「……………」

堀田加賀守がじっと松平伊豆守を見た。

「なんじゃ」

「ご信任が厚いだと」

とぼける松平伊豆守を堀田加賀守が睨《にら》んだ。

浜松は徳川家康の居城であったことからも、親藩あるいは譜代にとって名誉の地とされている。気候も穏やかで、物成りもよく、なにより東海道の宿場として発展もしている。

それに対して、島原は九州、それも西の果てに近い。しかも島原は雲仙岳《うんぜんだけ》の噴火でできた火山灰地のため、米の出来がよくない。

なにより浜松と島原では、参勤交代の距離が違った。浜松からならば五日もかからない江戸への旅程が、島原だと二十日以上はかかる。一日参勤が延びるだけで、何十両という金が飛ぶ。高力家にとって浜松から島原への転封は、左遷であった。

「上様のご判断じゃ」

「源次郎だな」

堀田加賀守が名前を口にした。

「さての」

松平伊豆守が横を向いた。

「高力家の後に入ったのは、源次郎の父松平和泉守《いずみのかみ》であろうが」

白々しいと堀田加賀守がため息を吐いた。

「こちらは美濃《みの》岩村から二万石の加増付で浜松。出世じゃ」

「上様のご指示ぞ」

松平伊豆守が苦い顔をした。

「苦情を申しているのではない。源次郎が上様のご寵愛《ちょうあい》を受け、それで親が立身する。我らが苦情を言えた筋ではない」

堀田加賀守が手を振った。

松平伊豆守、堀田加賀守は、もともと三代将軍家光《いえみつ》の稚小姓《ちごしょう》であった。稚小姓は、将軍の警固《けいご》や身のまわりの世話をする小姓と違い、男色相手である。もちろん、男色を好まない将軍もいるため、譜代名門の子供たちを将来のために学ばせるだけということもあるが、家光は女色を嫌い、稚小姓を本来の意味で使った。

おかげで堀田加賀守は千石の旗本の出ながら十一万石の大名に、松平伊豆守も叔父の養子から七万石の大名にまで出世した。

つまり、二人とも源次郎のことを悪《あ》しくは言えなかった。

「しかし、松平和泉守を浜松に入れたいがために高力を島原へ移すのはわかるが、禄《ろく》を足されなかったのはなぜじゃ。懲罰を受けたわけでもあるまい」

堀田加賀守が疑問を呈した。

大名の転封で、同じ禄高のままで移動することはままあった。そもそも大名の石高は、表高であり、実際の穫れ高とは違う。四万石といいながら、八万石穫れるところもあれば、二万石しか穫れないところもある。当然、実高の多い領地への移動は栄転になる。

「浜松は表高より、実高が多い。島原は表高がそのままだ。どころか、一揆の後で人がいなくなり荒廃した土地では、稔りは期待できぬ」

「できまいな」

堀田加賀守の考えを松平伊豆守が淡々と受けいれた。

「高力を潰すつもりか」

「まさか、島原はあのようなことがあった土地じゃ。そこへ新たに封じた者が、またぞろ潰れでもしてみろ、御上がなんと言われるか」

松平伊豆守が否定した。

「では、なぜだ」

「高力摂津守《せつつのかみ》は、二代秀忠《ひでただ》さまのお気に入りじゃ」

天下分け目のとき、高力摂津守は中山道《なかせんどう》を進む秀忠の軍勢に配され、さらに大坂の陣でも秀忠の下で働いた。

「……それか」

堀田加賀守が嘆息した。

三代将軍家光と、二代将軍秀忠の不仲は、知らない者はいないほど有名であった。

大元は、秀忠が嫡男家光ではなく、三男の忠長《ただなが》を可愛《かわい》がったことから来ている親子の不仲は、和解を見ることなく終わった。

家光の恨みは深く、秀忠が建てた江戸城の天守閣を破却して、それ以上のものを建てさせたり、将軍位を争った忠長を謀叛《むほん》の疑いで切腹させたりしている。

「高力を譜代名誉の地浜松へ封じられたのも秀忠さまじゃ。むしろ今までなにもなかったのが不思議なくらいよ」

松平伊豆守が述べた。

「それはわかるが、ではなぜ、今なのだ」

堀田加賀守が問うた。

「島原は百姓がいなくなった」

「根切りにしたからな」

幕府は島原城に籠もった者を老若男女かかわりなく、すべて殺していた。

「土地はあっても、人がいなければ米はできぬ。高力はまず、百姓を集めるところから始めることになる」

「だの」

堀田加賀守が同意した。

「来いと言っても、そうそう人は集まらぬ。集まるだけの餌が要る。高力は一年の年貢をなくした」

「英断じゃな。一年、収入なしを選んだか」

松平伊豆守の言葉に堀田加賀守が感心した。

「それで人は集まるであろう。だが、一年や二年で穫れ高は戻らぬ。つまり高力家の内証は火の車じゃ」

「…………」

無言で堀田加賀守がその先を促した。

「ところで、高力を島原に移すとき、上様がお声をかけられた」

不意に松平伊豆守が話を変えた。

「上様が……なんとお言葉を」

「長崎の警固のまとめをいたせと仰せられた」

松平伊豆守が告げた。

「長崎警固のまとめ……黒田や鍋島ら外様大名たちの目付《めつけ》か。天草のせいで九州の外様大名たちは御上の目が厳しくなったことを感じておろう。禁令だった切支丹《キリシタン》が領内に潜んでいたのだからの。そして、すべての切支丹が天草で死んだとは思えぬ。そこへ御上の信頼が厚い高力が島原へ来た……外様大名たちは高力を怖《おそ》れる。その高力には金がない……長四郎、おまえ、黒田や鍋島に金を出させるつもりか」

「…………」

堀田加賀守の考えを、無言で松平伊豆守が肯定した。

「三四郎」

松平伊豆守が、より声を潜めた。

「なんだ」

応じて堀田加賀守も声を小さくした。

「高力摂津守と松倉には親交があった」

「真《まこと》か。そのような話を聞いたことはないぞ」

堀田加賀守が驚愕した。

「松倉が大和《やまと》の出身だとは知っておるな」

「ああ、筒井《つつい》家に仕えていたが、筒井が大和から伊賀《いが》へ移されたときに従わず、豊臣直臣として大和に残ったと聞いている」

天草の乱の罪で首を討たれた松倉勝家の父重政は、筒井順慶《じゅんけい》の重臣であった。筒井順慶の死後、養子定次《さだつぐ》と合わず筒井家を退身、豊臣秀吉に仕えたが、関ケ原で徳川家康について大和五条二見《ふたみ》城主となった。大坂の陣でも活躍、猛将後藤基次《ごとうもとつぐ》を打ち破るなどして功を立て、肥前日野江《ひのえ》城主となった。

「大坂城が落ちた後、豊臣の残党狩りがおこなわれた」

「聞いている。かなり厳しいものであったそうだな」

松平伊豆守の話に堀田加賀守が首肯した。

「大坂から山一つ越えた大和国でも残党狩りがおこなわれた。そのとき残党狩りを差配したのが高力摂津守で、その案内役《あないやく》となったのが松倉じゃ。それ以降、松倉は高力を頼みにし、かなり親しく交流していたらしい」

「上様は、高力摂津守を松倉の指南役と見られたのか」

松平伊豆守の説明を受けた堀田加賀守が息を呑《の》んだ。

指南役とは、同伴役、同席衆とも呼ばれるが、幕府の正式な役目ではなかった。外様大名同士の会合に同席し、謀叛の相談ではないことを保証するだけでなく、将軍家に目通りを求めたり、屋敷を改築するなど、なにか幕府へ届け出なければならないことがあったときに、誰にどのように申し出ればいいかを教えたりもした。

当然、外様大名から指南料として、金品を受け取ったり、饗応《きようおう》を受けたりし、場合によっては外様大名のためになるよう、根回しなどをおこなったりもした。

ほとんどの場合、旗本が担当したが、過去の経緯《いきさつ》などから小禄の譜代大名などが務めることもあった。

かなり親密な関係になることから、外様大名がなにかしらの咎《とが》めを受けた場合、指南役が連座させられるときもあった。

「しかし、今回のことでは高力摂津守を咎めるわけにはいかぬ」

「うむ」

松平伊豆守の言葉に堀田加賀守が首を縦に振った。

松倉勝家が、苛政を敷いてまで金を集めたのは、呂宋《ルソン》侵攻の下準備のためであり、それには家光が加わっていた。父秀忠ではなく、祖父家康を崇敬した家光は、祖父の天下統一という偉業に近づくための手段として、松倉勝家が持ち出した海外侵略にのった。さすがに百姓を痛めつけろとは言わなかったが、松倉勝家のやることを黙認したのだ。

もし、表だって高力摂津守を咎め立てれば、家光への非難も起こりかねない。ようやく男色だけでなく、女も側《そば》に侍《はべ》らせるようになったとはいえ、寛永十六年ではまだ血筋は女子しかおらず、嫡男は生まれていなかったのだ。尾張《おわり》、紀州、水戸の御三家から、跡継ぎもいない暗愚な将軍では天下が保てぬと合同で苦情を申し立てられれば、家光の立場が悪くなる。

「長崎警固か……金が、人が動く」

「そうだな」

堀田加賀守の感慨に、松平伊豆守が淡々と応じた。

二

斎弦ノ丞は、ようやく新しい生活に慣れてきた。

「潮の音がこれほど聞こえるとはな」

昼間、なにかをしているときはほとんど気にならないのだが、夜具に入ったときや少し気を緩めたときに、波の音がする。

「江戸でも海は遠くなかったが」

松浦藩上屋敷のある日本橋松島町《まつしまちょう》から江戸湾はそれほど遠くはない。だが、耳を澄ませても、波音はまず聞こえなかった。

「賑《にぎ》やかであった」

弦ノ丞が独りごちた。

江戸は天下の城下町である。旗本、御家人《ごけにん》が住まうだけでなく、すべての大名が屋敷を置いている。町人まで入れると何十万人がそこで生きているのだ。昼夜の別なく、江戸は動いていた。

「それにも慣れたな」

平戸へ来たときは、波の音が耳に響いて、なかなか寝付けなかった。だが、それも気にならなくなってきていた。

「斎、おるか」

玄関から田中正太郎の声がした。

「おります」

「では、勝手に上がらせてもらおう」

応えた弦ノ丞に、田中正太郎が告げた。

「少し早かったか」

「いえ」

気を遣った田中正太郎に、弦ノ丞が首を横に振った。

「無沙汰をしておる」

「こちらこそ、ご壮健のようでなによりでございまする」

田中正太郎に続いて入ってきた志賀一蔵に、弦ノ丞が笑いかけた。

非番となる日を合わせた田中正太郎と志賀一蔵が、弦ノ丞のもとを訪れたのである。

「嫁がおらねば寂しかろう」

田中正太郎が部屋のなかを見回すようにして言った。

「いささか不便は感じておりますが……」

「夜の不便だな」

さほどのことはないと言いかけた弦ノ丞に、志賀一蔵が被《かぶ》せた。

「……なにを」

「若いのだ。当然のことじゃ。遠慮をするな」

志賀一蔵が、焦る弦ノ丞の背中を叩《たた》いた。

「…………」

痛みに弦ノ丞が眉をひそめた。

「聞けば、奥方は滝川さまの縁者だそうではないか。それもなかなかの美形だと」

「どのように返事をすればよいのか」

妻を褒められた夫の反応として、なにが正しいのかわからなくて弦ノ丞が戸惑った。

「誇れ、誇れ」

志賀一蔵がまた背中を叩いた。

「……勘弁願いたい」

むせかけた弦ノ丞が文句を言った。

「すまぬ。すまぬ。だがな、奥方が御家老の縁者となれば、なかなか自儘《じまま》もできまい。よい機会ではないか。羽を伸ばすにはの」

田中正太郎も加わった。

「えっ……」

「こちらでならば、遊べよう」

「なにをっ……」

「よい見世《みせ》を知っておる」

混乱する弦ノ丞を志賀一蔵と田中正太郎が誘った。

「ご両所には、奥方さまがおられましょうに」

弦ノ丞が怪訝《けげん》な顔をした。

「江戸で一緒に苦労した、いや、出世させてくれた同僚が国元へ来た」

「労をねぎらってやりたい」

田中正太郎と志賀一蔵が続けた。

「そう言えば、妻は納得したぞ」

「儂《わし》のところもじゃ」

二人が白い歯を見せた。

「我らが馳走《ちそう》してやる」

「うむ」

「それはありがたいのでございますが……」

ようやく事態を飲みこめた弦ノ丞だったが、まだ渋っていた。

「安心いたせ。奥方が来られても、何一つ言わぬと誓おう」

「儂も」

田中正太郎と志賀一蔵が刀の鍔《つば》に触れた。

鍔に触れるのは、刀にかけても約束は守るという意味の儀式のようなものである。刀を少しだけ鞘走《さやばし》らせ、小柄《こづか》や笄《こうがい》を当てて音を出す金打《きんちょう》ほどではないが、破れば非難された。

「そこまでしていただかなくてもよろしいが……わかりましてございまする。では、遠慮なく御馳走になりまする」

弦ノ丞が誘いにのった。

「そうこなくてはな」

「男として、当然である」

田中正太郎と志賀一蔵が大きくうなずいた。

「もしや……」

「こんなことでもなければ、お役目と屋敷を往復するだけでな」

「物頭格《ものがしらかく》なんぞ、もっと酷《ひど》いぞ。格だからの。本役どのたちの雑用ばかりじゃ。いや、それに不満を申すわけではないぞ。ご加増もあったしな。それでもな。誰よりも早く役座敷に出て、文机《ふづくえ》を出して並べ、それを拭いて、墨を擂《す》って……昼は昼で本役どのたちに茶を用意して、仕事終わりでも最後まで残って後片付け。三勤一休は本役どのだけで、格は連日でなければならぬ。しきたりを覚えるには毎日務めるのがよかろうなどと……」

田中正太郎が嘆き、志賀一蔵が愚痴を漏らした。

「それは酷いの。吾《われ》はまだましだ。夏暑かろうが冬寒かろうが、雨であろうが、領内巡検は休めぬが、村へ行けばお役人さまとして、歓待してくれる。といったところで、茶《ちゃ》碗酒《わんざけ》と漬け物くらいだが」

郷足軽頭《ごうあしがるがしら》の田中正太郎が志賀一蔵を哀れんだ。

「……拙者は何役を仰せつけられましょう」

話を聞いた弦ノ丞が不安そうな顔をした。

「わからんな」

「皆目、予想がつかぬ」

田中正太郎と志賀一蔵が首をかしげた。

「江戸では辻番頭《つじばんがしら》だったのだろう」

「その前は馬廻《うままわ》りでございました」

「格下務めか」

田中正太郎に問われた弦ノ丞が不服を忍ばせ、それに気づいた志賀一蔵が苦い顔をした。

「他の連中は誰がいた」

数年前まで江戸詰めだったのだ。田中正太郎も志賀一蔵も江戸詰め藩士には通じていた。

「岩淵源五郎、地方譲、谷田玄介《たんだはるすけ》などでございました」

「谷田か、あれは駄目だな」

「岩淵は真面目だけが取り柄じゃ」

「地方は知らぬの」

弦ノ丞の出した藩士たちに、田中正太郎と志賀一蔵が首を横に振った。

「配下に恵まれぬとは、不幸じゃな、斎」

「言わないでいただきたい」

慰めた田中正太郎に弦ノ丞が文句を付けた。

「それらをまとめて、お家を守ったのだろう。出世はまちがいないと思うが……」

「何役かといえば難しゅうござるの」

田中正太郎と志賀一蔵が唸《うな》った。

「まあ、悪いようにはなさるまい。国家老筆頭の熊沢さまはできるお方じゃ」

「さよう、さよう」

二人が弦ノ丞を宥《なだ》めた。

「待つしかございませんか」

弦ノ丞がため息を吐いた。

「先のことは後じゃ。さすがに昼すぎから遊ぶのは外聞が悪いでの」

気分を変えようと田中正太郎が明るい声を出した。

「江戸での話でもしながら、しばしときを潰そう」

言いながら田中正太郎が、手にしていた風呂敷包みを拡《ひろ》げた。

「おう、それを買ってこられたか」

中身を見た志賀一蔵が感嘆の声をあげた。

「これを喰《く》わずに、平戸は語れまい」

「たしかに、たしかに」

自慢げな田中正太郎に志賀一蔵が首を縦に振った。

「それは……」

出てきたものを見た弦ノ丞が不思議そうな顔をした。

「茶はあるか」

「ございまする」

田中正太郎に問われた弦ノ丞が応じた。

「まず、茶を淹《い》れてくれ。濃いめ、思いきり濃いめでな」

「はあ……」

妙な注文をする田中正太郎に、怪訝な思いを隠して弦ノ丞が茶を用意した。

「では、切り分けようぞ」

田中正太郎が取り出した長さ二寸（約六センチメートル）、幅一寸ほどで、黄色く四角いものを小柄で三つに割った。

「悪いが、これは高くてな。一つしか買えなんだ」

折りたたんだ懐紙の上に並べた田中正太郎が申しわけなさそうに言った。

「これは……」

黄色くしっとりとしたものに白い粉が吹いている。弦ノ丞は手を伸ばしかねた。

「聞いたことくらいはあるだろう、蔦屋《つたや》の名物カスドースよ」

「カスドース……聞いたことがございまする。殿から、お知り合いのお大名、お旗本さまへ贈られるという」

田中正太郎に教えられた弦ノ丞が、思い出した。

「将軍家へご献上なされたこともあるぞ」

志賀一蔵が付け加えた。

「これがカスドース」

弦ノ丞がじっとカスドースを見た。

「食いものは見ているだけではわからぬ。口にせねばの」

「久しぶりでござる」

田中正太郎と志賀一蔵が、弦ノ丞に見せつけるようにして、カスドースを口に含んだ。

「あ、甘い」

「茶を」

食べ終わった二人が、濃茶を口に含んだ。

「……いただきまする」

先輩二人が口にしたのだ。断るわけにはいかない。弦ノ丞が未知の食べものを口に入れた。

「砂……いや、砂糖。なんという歯ごたえ、硬からず、軟らかからず、餅とも違う食感……しかし、甘い」

弦ノ丞も茶に手を伸ばした。

「驚いたか」

茶を飲み終わった田中正太郎が、驚いている弦ノ丞に笑いかけた。

「これが南蛮菓子よ。はるか関ケ原より前から、平戸で作られていたという。蔦屋に聞いたところで、詳細は秘伝ゆえ教えてくれぬが、小麦を練ったものを焼き、卵に浸した後で蜂蜜に潜《くぐ》らせ、最後に白砂糖をまぶして作るそうじゃ」

「蜂蜜に砂糖……甘いはずでござる」

説明を聞いた弦ノ丞が納得した。

「それでも少し前までは、年に一度くらい家族のぶんは買えていた。だが、最近値上がりして、一人一切れは無理になった」

「それほどに」

郷足軽頭として百石近い禄を得ている田中正太郎でもそうそう買えないと言われて、弦ノ丞が目を剝《む》いた。

「なぜだかわかるだろう」

「砂糖を平戸へ運んでいた和蘭陀商人たちがいなくなった」

「そうだ」

正解した弦ノ丞に田中正太郎がうなずいた。

「蔦屋だけではない。平戸に店を持っていた商人も、皆長崎へ移ってしまった。おかげで平戸は寂れたわ。今日、連れていく見世もそうだ。少し前まではあらかじめ行くと伝えておかねば、いきなりでは入ることもできなかった。それが、いつでも行ける。どころか閑古鳥が鳴いておる」

志賀一蔵が述べた。

「交易がなくなった。藩の財政も厳しい」

「来たばかりで哀れだとは思うが、我らのような厚遇は、今の国元ではありえぬ。江戸の対応に文句もあろうが、辛抱じゃ」

真剣な表情で田中正太郎と志賀一蔵が告げた。

「かたじけのうございまする」

弦ノ丞が深く頭を下げた。

どのような役目でも不足を言うな、迂闊《うかつ》な発言、不満の態度は弦ノ丞のためにならないと二人が忠告してくれているとわかったからであった。

「わかってくれたか」

「やれやれ」

二人が安堵《あんど》した。

「では、そろそろ参ろうか」

「おうよ。楽しみじゃ」

田中正太郎と志賀一蔵が腰を上げかけた。

「斎弦ノ丞、御家老さまがお呼びである」

計ったように玄関へ使者が訪れた。

三

熊沢作右衛門に呼び出された弦ノ丞は、田中正太郎、志賀一蔵とともに長崎視察を命じられた。

「長崎へでございますか」

「うむ。御上より福岡藩、佐賀藩などだけでは、いささか心許《こころもと》ないとのご諚《じょう》での」

「伊豆守さまでございますな」

「口にするな」

ため息交じりに言った弦ノ丞を熊沢作右衛門が窘《たしな》めた。

「申しわけございませぬ」

叱られた弦ノ丞が詫《わ》びた。

「そなたは、ちと迂闊なようじゃ。頭に浮かんだものを、そのまま口にしてはならぬ。ゆっくりと脳裏で思案してから、話すようにいたせ」

「注意いたしまする」

熊沢作右衛門の諭しを弦ノ丞は受けいれた。

「わかっておるならばよし。長崎で目立つようなまねは避けよ。長崎奉行の馬場さまにはとくに気をつけねばならぬ」

見張られていると考えて行動しろと熊沢作右衛門が釘《くぎ》を刺した。

「胆《きも》に銘じまする」

弦ノ丞が首肯した。

「斎、そなたがこの視察を仕切れ」

「わたくしがでございますか。田中どののほうが……」

藩士としての格では田中家が斎家を上回る。かつて辻番としてともに役目に精進していたころでも、田中正太郎が頭であった。

「いや、そなたじゃ」

熊沢作右衛門が首を左右に振った。

「わからぬか。そなたの妻は滝川大膳の姪じゃ。滝川大膳は、かの織田信長公の武将であった滝川一益《かずます》の末裔《まつえい》であり、松浦家において重きをなす家柄である。そなたは、滝川の一門である」

「それはっ」

言われた弦ノ丞が息を呑んだ。

「さすがに執政とはいかぬが、国元でも政に加われる組頭ていどにはあがれよう。それには他人《ひと》に使われるだけではなく、どう他人を使うかを学んでおかねばならぬ」

「どう他人を使うか……」

「うむ。他人に使われるのは楽じゃ。やれと言われたことさえ、そつなくこなしていればよい。しかし、他人を使うとなれば別よ。うまく他人を働かせられて、初めて執政に入れるのだ」

「………」

弦ノ丞が声を失った。

斎家は、松浦家譜代の家臣ではあるが、辻番を命じられたことからもわかるように、さほどの身分ではない。家禄も少なく、代々番衆として仕え、長く勤めてようやく馬廻りとか、物頭並にあがれる。祖父も父もそうであった弦ノ丞が、己もそうやって生きていくのだなと考えているのは当然であり、そのための教育しか受けてきてはいない。番衆は戦うのが本業になるからこそ、剣術の修業はしてきた。そして武士として読み書きができないのは恥であるから、四書五経くらいは知っている。だが、それ以上の、人の上に立つ学問などはしていなかった。

「そちに足りぬのは、そこじゃ。辻番頭でもわかったであろう」

「……はい」

弦ノ丞が頭《こうべ》を垂れた。

「学んで来るがいい。田中と志賀だけではない、小屋を指揮するのだ。足軽、小者たちもおる。それらをうまく使え」

「努めまする」

「もう一つ、長崎の商人たちとの遣《や》り取《と》りも預ける」

「…………」

「なんだ、その顔は。よいか、長崎警固役をうまくこなすためには、商人たちとどう向き合うかが大事になる。商人たちには商人たちのつきあいがある。そこにうまく入りこめれば、かならずや当家のためになる」

「……努めまする」

熊沢作右衛門に叱責された弦ノ丞が同じ答えをした。

「そしてじゃ……」

表情をより真剣なものに変えた熊沢作右衛門が、一拍空けて続けた。

「……松平伊豆守さまが、当家をどうなさりたいのかは、わからぬ。潰したいとお考えならば、どのようにしても難癖を付けてこられよう」

「…………」

「ゆえに隙を見せてはならぬ」

黙っている弦ノ丞に、熊沢作右衛門が強く言った。

「なぜ、そなたが長崎警固役の下調べとはいえ、頭になったのかは、ここにある」

「松平伊豆守さまが……」

「そうよ。そなたは二度にわたって松平伊豆守と遣り合っている」

「お目にかかるどころか、お姿さえ拝見いたしておりませぬ」

熊沢作右衛門の言いぶんを、弦ノ丞が否定した。

「会ったか、会ったこともないかは、かかわりない。もちろん、直接遣り取りすれば、もっとよく相手を知れるだろうが、それは叶《かな》わぬ。いや、会わぬがよい。会えば、かならずや相手の手中に落ちる。相手は天下の執政じゃ。そなたではとても太刀打ちはできぬ。あっさりと斬られて終わる。会っておらぬからこそ、やってこられたのだ」

「会っていないからこそでございますか」

弦ノ丞が首をかしげた。

「敵が松平伊豆守さまだと思っていたか」

「とんでもない」

熊沢作右衛門の指摘に、弦ノ丞が首を大きく横に振った。

「そうだとわかっていたら、そちは戦えたか」

「無理でございまする」

老中筆頭とやりあうなど、藩主の松浦重信《しげのぶ》でも難しい。

弦ノ丞は顔色を変えた。

「だからこそ、どうにかなったのだ。なにも考えず、その場その場でどうやって凌《しの》ぐか、それしか考えていなかったからこそ、松平伊豆守さまの手を退けられた。偶然と言えば、偶然である」

「では、なぜ、このたびは……」

敵が松平伊豆守だと知らしめたのかと弦ノ丞が抗議した。

「先ほども申しただろう。もう、それではすまぬと。そなたは、当家を支える一人に組みこまれたのだ」

「藩を支える……」

弦ノ丞がくり返した。

「それが執政の一族となるということである」

「そんな話は滝川さまから伺っておりませぬ」

津根を娶《めと》ることにそんな条件が付いているなど、聞いていないと弦ノ丞が抵抗した。

「あきらめろ」

あっさりと熊沢作右衛門が切って捨てた。

「……………」

「子ができたそうだな」

不意に熊沢作右衛門が話を変えた。

「はい。まだ生まれてはおりませぬが、家内が懐妊をいたしました」

弦ノ丞が答えた。

「生まれた子供が、男であろうが、女であろうが、滝川の血を引いている」

「はあ」

怪訝な顔で弦ノ丞が相づちを打った。

「つまり、滝川の家になにかあり、跡継ぎがいなくなったとき、そちの子供が滝川大膳の跡継ぎになるかも知れぬのだ」

「あれは斎家の跡継ぎでござる」

武士にとって家ほど大事なものはない。あわてて弦ノ丞が反論した。

「無駄だとわかっておろう」

「…………」

下士に近い斎家と家老職を世襲する滝川家では、重みが違う。弦ノ丞が沈黙した。

「津根を離縁するか」

「とんでもないことでございまする」

病弱でなかなか嫁に行けなかったこともあり、津根は名門の娘には珍しく控えめであった。そのおとなしい気性を弦ノ丞は好ましく感じていた。

「ならば、受けいれろ。そちのためではない。藩のため、妻のため、生まれてくる子のために、境遇を呑みこめ」

熊沢作右衛門が言い切った。

任を命じられたら、すみやかに出向する。

「荷ほどきもまだ完全ではないというに」

旅支度をしながら、弦ノ丞が愚痴をこぼした。

「陸路で行けか」

平戸から長崎まで船を使えば、近い。風任せだけに、一日で行けるか三日かかるかはわからないが、荷物を持つことなく、山道を登らなくてもすむ。

だが、今回は、長崎奉行への遠慮として、陸路を取れと熊沢作右衛門から命じられていた。

「黒田藩、鍋島藩の誰何《すいか》は面倒だろうが」

長崎警固役の黒田藩、鍋島藩には、港に入ってくる船を検《あらた》める権利が与えられている。とはいえ、船を出さなければならず、かなりの手間なのだ。

将来の助役が、その手間をさせたとあれば、両藩の機嫌を損ねる。最初から、騒動の種を蒔《ま》くことは避けるべきだという、熊沢作右衛門の判断は正しい。

ただ、陸路はかなり大変であった。

平戸から長崎までは、二十五里（約百キロメートル）弱ある。これが普通の道ならば、二日もあれば行けるが、九州肥前は山が重なり、上り下りが連続するため、かなり険しい。

「斎、入るぞ」

田中正太郎が、弦ノ丞を訪ねてきた。

「苦労しているようだの。女中とはいかぬが、小者を雇えばよいであろうに」

「日がございませぬ」

明日にも出立しなければならない。とても小者を探している余裕はなかった。

「それもそうだの。拙者のところの小者を貸すわけにもいかぬしなあ」

田中正太郎が難しい顔をした。

武家には軍役があり、石高に応じた家臣、小者を抱えていなければならない。田中正太郎も小者を数名抱えているが、軍役通りでしかなく、とても貸し出しはできなかった。

「大事ございませぬ。長崎ならば、いくらでも小者のなり手はおりましょう」

「たしかにそうだが、気をつけねばならぬぞ。どことも今は切支丹に注意をしている。隠れ切支丹だとわかれば、まちがいなく殺される。あの一揆が起こる前ならば、あまり厳しい詮議はされなかった。さすがにくるすを身につけていることは許されなかったが、まりあ観音くらいならば見逃された」

キリシタン禁教令が出たのは、慶長十八年（一六一三）十二月二十三日になる。翌年には、修道士、信仰を捨てない教徒などが、国外追放になった。

しかし、九州は最初にキリスト教に触れた場所であり、幕府の本拠江戸から遠い。また、有馬《ありま》、大友、大村など多くのキリシタン大名が誕生したことで、領土に布教が拡がっていたこともあり、よほど目立ちでもしなければ、見逃されてきた。

それを松倉や寺沢が厳しく詮議したのも、一揆の原因となった。

「訴え出た者には褒美を取らす。知っていて訴えなかった者は厳しく咎める」

天草の乱の後、幕府も取締を強化している。

大名たちも、今までのように見て見ぬ振りはできない。それが見つかれば、潰されるのだ。

「隠れ切支丹だとわかれば、捕まる。だが、隠れていては生きていけぬ。人は喰わねばならぬからの」

「そのような者が、雇ってくれと来る」

「うむ」

理解した弦ノ丞に、田中正太郎がうなずいた。

「そこまで気にせねばなりませぬか」

弦ノ丞がため息を吐いた。

四

高力摂津守忠房《ただふさ》の祖父清長《きよなが》は、篤実を地でいくような人物であった。徳川秀忠に付けられる前は、家康の側で働き、かの本能寺の変に伴う伊賀越えにも供をした。そのとき、落ち武者を狙った賊と戦い、鉄炮傷《てつぽうきず》を負っている。豊臣秀吉からもその誠実さを愛され、陪臣《ばいしん》ながら豊臣の姓を許されたうえ、聚楽第《じゆらくだい》の普請奉行に任じられていた。

不幸なことに嫡男は早世、家督を孫の忠房に譲った。その祖父の薫陶を受けた忠房も、また生真面目な性格であった。

「どうじゃ、領内は」

高力摂津守が勘定奉行を呼びつけた。

「ようやく落ち着きを取り戻しておりまする」

勘定奉行の三枝《さえぐさ》勘《かん》右衛門《えもん》が答えた。

「年貢はどれくらい取れそうだ」

「昨年の倍は……」

「石高で申せ」

正確な数字を出せと高力摂津守が要求した。

「三万石はこえるかと」

「……三万石か」

高力摂津守がため息を吐いた。

「金は残っておるか」

「…………」

続いての問いに三枝勘右衛門が黙って俯《うつむ》いた。

「もうないか」

「申しわけございませぬ」

三枝勘右衛門が手を突いた。

「そなたのせいではない。ないが……困った」

小さく高力摂津守が首を横に振った。

「上様より、長崎のことを預けると仰せつかって参ったというに、何一つできておらぬ。わずかに人を数名出しただけじゃ」

「…………」

主君の嘆きを三枝勘右衛門が黙って聞いた。

「もし、今、南蛮が長崎へ兵を寄《よ》こしたとして、当家はなにもできぬ。黒田、鍋島の後ろから声を出すだけでは、とても上様のご期待に添えぬ」

高力摂津守が肩を落とした。

「御上へ御手元金の拝借をお願いいたしてはいかがでございましょう」

三枝勘右衛門が案を出した。

御手元金とは、幕府の財政とはかかわりない、徳川家の財産のことである。土地を与えるほどの功績でないときに与える褒美として遣われたり、困窮している一族や家臣の救済、難しい役目の手助けなどに遣われた。

褒美以外だと、返済しなければならないが、ほとんどの場合、そのまま下しおかれた。

「いや、御上にご負担をおかけするわけにはいかぬ」

高力摂津守が拒んだ。

「島原、天草の一揆で、御上もかなり費えをなされたのだ。家臣として、主君にすがることはできぬ」

「では、商人から金を……」

「ならぬ。金を借りれば、利が付く。余分な負担は、かえって藩政を苦しめる。今を過ごすために、未来《さき》へ借財を残すなど、論外である」

代案も高力摂津守は拒否した。

「……………」

「そなたらには苦労をかけるが、あと数年の辛抱じゃ。来年には表高どおりの収入があろう」

　下を向いたままの三枝勘右衛門を、高力摂津守が慰めた。

　主君高力摂津守の前を下がり、勘定所へ戻った三枝勘右衛門は、力なく腰を落とした。

「お奉行さま、殿のお話はいかがでございました」

「借財をお認めくださいましたや」

　勘定頭、蔵奉行たちが三枝勘右衛門の側に寄ってきた。

「……ならぬとのお言葉であった」

「それは……」

「なんと」

　三枝勘右衛門の答えに、二人が絶句した。

「浜松での余力はすでに尽き果てておりまする」

　蔵奉行が泣きそうな顔をした。

　浜松は表高のほぼ倍近い実高を誇るだけでなく、東海道を行き来する大名たちの挨拶もあり、かなり裕福であった。

　その浜松に二十年在していた高力家の財が、まさに尽きようとしていた。

「城の修理もいたさねばなりませぬ」

松倉家の島原城は一揆に攻められて、落とされはしなかったがかなりの傷を受けていた。しかし、領内の荒廃復興を優先したため、いまだ手が付けられていない。

勘定頭が悲鳴をあげた。

「藩士たちの生活も……」

高力家が無収入に近いのだ。家臣たちも蓄えでやりくりしている。だが、それも浜松からの引っ越しと、島原での生活で底を突いていた。

「このままでは、娘を売る者が出まする。どころか赤子や老人を……」

「言うな」

それ以上はならぬと三枝勘右衛門が蔵奉行を制した。

「…………」

蔵奉行が両手の拳を握りしめて、黙った。

「出水《いずみ》、長崎の商人と連絡《つなぎ》は取れるか」

三枝勘右衛門が勘定頭を見つめた。

「博多屋でよろしければ」

「……博多屋といえば、当家が島原に封じられたとき、挨拶に来た者だな」

勘定奉行に任じられるだけあって、三枝勘右衛門はできる。一度会っただけの者も忘れずに覚えていた。

「はい。あの後、長崎の宿を求めに参ったときも会いまして、ときどき長崎のことを報《しら》せてくれておりまする」

勘定頭の出水が告げた。

「まさかっ」

蔵奉行が顔色を変えた。

「殿のお指図には背くことになるが、このままでは家が潰れる。一年保《も》てばよい。いや、今回限りじゃ。博多屋に金の融通をさせる」

三枝勘右衛門が苦渋に満ちた表情で決断した。

「よ、よろしいのでございますか」

震えながら出水も確認した。

「責任は儂が取る。決して殿のお耳には入れるな」

「……はっ」

「わかりましてございまする」

三枝勘右衛門の念押しに出水と蔵奉行が首肯した。

平戸は島である。九州は目の前に見えるが、流れの激しい海峡になっている。平戸を出発した弦ノ丞たちは、藩の船で飛び地の彼杵郡佐世保村《そのぎぐんさせぼむら》へと上陸、そこから大村藩領を通り抜けて、長崎へと入った。

「とりあえずは、宿だ」

無理をすれば二日目の夕刻には長崎の町中へ入れたが、暗くなってから地理不案内なところで宿探しをすることになる。

「寺町があると聞いている。そこに頼んで、しばしの宿を借りてはいかがか」

キリシタンを警戒した幕府の政策で、長崎には寺が多く誘致されていた。

志賀一蔵が、下僚としての言葉遣いで、弦ノ丞に提案した。

「それがよかろう」

ちらと弦ノ丞から見られた田中正太郎もうなずいた。

「そういたそう」

弦ノ丞がやりにくそうな顔で指図した。

長崎は山間《やまあい》の谷を中心に、山へ向かって拡がった町である。寺町はその東側にあり、少し坂を登らなければならない。

「さて、どこに頼むか」

中島川を渡り、左に稲荷神社《いなりじんじゃ》を見ながら進んで寺町に入った弦ノ丞一行は、建ち並ぶ寺院を前に悩んだ。

寺院というのは、旅の客をよく迎え入れる。庶人《しょじん》の難儀を救うのは出家の役と考え、わずかなお布施で本堂の片隅を貸してくれた。

しかし、誰でもよいというわけにはいかなかった。なにかしらの縁がやはり要った。

「三宝寺《さんぽうじ》……ここは浄土宗か。それならば、拙者の菩提寺《ぼだいじ》と同じでござる」

志賀一蔵が声をあげた。

「一度、声をかけてくれるか」

弦ノ丞が志賀一蔵に頼んだ。

「承知いたしましてございまする。しばし、お待ちを」

志賀一蔵が石段を駆けあがり、山門を潜った。

「……斎さま。大丈夫でございまする」

しばらくして戻ってきた志賀一蔵が報告した。

「助かった。では、参ろう」

弦ノ丞が促した。

一日、旅の疲れを癒した弦ノ丞は、翌朝、寺に頼んで人を借り、長崎奉行所へと使いに出した。長崎奉行馬場利重に長崎入りを報告するため、その都合を問い合わせたのである。

「明後日昼八つ（午後二時）ごろ、頭の者一人、出頭いたせ」

馬場利重からの返答は、こうであった。

「明後日か。明日一日、長崎の様子を見られるな」

弦ノ丞が一日の余裕に、安堵した。

「いや、よろしくございますまい」

田中正太郎が首を横に振った。

「まだ長崎奉行さまに挨拶をしていない者が、うろうろして不審なりと咎められでもしたら、馬場さまの印象は悪くなりまする」

「そうだな。すまぬ」

「詫びなさるな」

配下に頭を下げてはいけないと、志賀一蔵が注意をした。

「すまぬ」

「また……」

田中正太郎があきれた。

「江戸で辻番頭をなさっていたのであろう」

「あのときは、配下の者どもも若く、身分も低き者でございましたので」

武士にとって、もっとも大きな基準が家格であった。年齢や禄高も考慮の対象にはなるが、家格が優先された。

この家格というのは、他家でも通用した。

百万石の前田家で数千石をとっている組頭でも、平戸藩松浦家で千石足らずの家老には敬意を払う。もちろん、属している家が違うので、自家の家老への対応とは異なるが、それでも言葉遣いに気をつけたり上座を譲るなど当たり前であり、千石足らずの家老も遠慮はしない。

「お二方は、二年前、わたくしが辻番に補されたときの上役でございましたし」

弦ノ丞が情けない顔をした。

「慣れてくだされとしか言えませぬ」

「小者や他藩の家中への押し出しもござる。無理でもしていただかねば、当家の鼎《かなえ》の軽重が問われまするぞ」

志賀一蔵と田中正太郎に弦ノ丞は説教された。

「努める」

熊沢作右衛門にしたのと同じ答えを、弦ノ丞は長崎でもする羽目になった。

「とはいえ、出られぬとなれば、することがない」

弦ノ丞が困惑した。

「少し気楽になされたほうがよろしいかと存じますぞ。江戸から国元、そして長崎とお疲れでしょう」

「疲れてはおりませぬ」

「そこがいけませぬ」

反論した弦ノ丞を志賀一蔵が窘めた。

「緩むときは緩む。弓がなぜ弦を外すとお思いか。ずっと弦を張ったままだと、切れやすくなるからでござる」

「うっ……」

戦国の気風がまだ残っている寛永である。武士は武具の手入れについて、一通りの修練を積む。

弦ノ丞は志賀一蔵の言葉を理解して、詰まった。

「なにより、明後日には長崎奉行さまにお目通りをなさるのでござる。そのとき、疲れていては困りましょう」

「でござった」

志賀一蔵の説諭に、弦ノ丞が納得した。

「しばし、休ませていただこう」

弦ノ丞が本堂を出て、縁側に移動した。

「御免をくださいませ」

縁側で海を見ていた弦ノ丞に、立派な身形《みなり》の商人が声をかけてきた。

「なんじゃ」

「松浦さまのご家中さまでいらっしゃいますか」

「いかにも」

「それはよろしゅうございました。わたくし大久保屋と申しまする。先年まで平戸で店をさせていただいておりました」

「大久保屋か。で、何用じゃ」

弦ノ丞が来訪の目的を問うた。

「ご挨拶に伺いました。こちらにご逗留《とうりゅう》なさっていると聞きましたもので。畏《おそ》れ入りまするが、頭役さまにお目通りを願いたく」

若い弦ノ丞がその頭だとは思わなかったのだろう、大久保屋が求めた。

「拙者がこのたびの視察を取りまとめている斎である」

「こ、これはご無礼を」

名乗った弦ノ丞に、大久保屋があわてて頭を下げた。

「よい。なかへ入るがよい」

弦ノ丞が正面へ回れと指図した。

本堂の正面扉を入ったところで、大久保屋が手を突いた。

「大久保屋藤左衛門《とうざえもん》と申しまする。皆様方にはお初にお目通りを願いまする」

「斎弦ノ丞だ。これなるは副役の田中正太郎、そして志賀一蔵である」

弦ノ丞が一同を紹介した。

「よしなにお願いをいたしまする」

もう一度大久保屋が頭を下げた。

「挨拶はすんだ。これで用件は終わりでよいのか」

「いえ。お手伝いをいたしたく参上いたしました」

さっさと帰れとばかりの弦ノ丞に、大久保屋が述べた。

「手伝い……我らのか」

「はい。慣れぬ長崎でお戸惑いのこともございましょう」

怪訝な顔をした弦ノ丞に、大久保屋が応じた。

「失礼ながら、お泊まりは」

本堂を見回して大久保屋が言った。

「たしかに、ここは仮住まいではあるがの。別段不便はないな」

弦ノ丞ではなく、田中正太郎が答えた。

「…………」

大久保屋の相手はこちらですするとの田中正太郎の意思表示だと受け取った弦ノ丞は、口を出さなかった。

「ですが、これでは雑魚寝《ざこね》でございましょう」

さすがに小者たちと弦ノ丞たちの居場所は離しているが、本堂は一間である。

大久保屋が首をかしげた。

「宿へ移られてはいかがでございましょう。わたくしがお世話をさせていただきまする」

「いつまでも寺に世話になっているわけにもいかぬが、宿というわけには参らぬ。諸色高騰のおりから、無駄な費えは控えるべきである」

大久保屋の申し出を田中正太郎が拒んだ。

「いえいえ、いつも松浦さまにはお世話になっておりまする。費用は一切こちらで持たせていただきまする」

「いや、それはならぬ」

金の心配はしなくていいと言った大久保屋に、田中正太郎が険しい顔をした。

「大久保屋に世話になる理由がない。そなたが領内の商人のままであったならば、好意も受けられたが、今は違う。もし、そなたの世話になったとあれば、松浦家が世間から笑われる。見限られた商人にすがらなければならぬほど、窮迫しているとな」

「見限ったなどと……」

田中正太郎に断じられた大久保屋が顔色をなくした。

「そなたがどう思っていようとも、世間はそう考える」

「…………」

大久保屋が黙った。

「気遣いには感謝しておく」

「出過ぎたまねをいたしましてございまする」

田中正太郎の言葉に大久保屋が詫びた。

「今日のところは、これにて」

大久保屋が帰っていった。

「ふざけたことを」

「まったくでござる」

大久保屋の姿がなくなってから、田中正太郎と志賀一蔵が、苦情を口にした。

「あの大久保屋というのは」

オランダ商館が平戸から長崎に移されたとき、弦ノ丞はまだ江戸にいた。そのあたりの経緯を弦ノ丞は知らなかった。

「まだ和蘭陀商館があったころ、平戸には商家が溢《あふ》れていた。何軒あったかなど、覚えておらぬほどな」

田中正太郎が話し始めた。

「それが御上のご指示で、出島へと引っ越した。そうじゃ、平戸に南蛮船が来なくなった。そのとき、真っ先に逃げ出したのが、大久保屋を始めとする何軒かであった」

「はあ……」

「わからぬか。ほとんどの店が、また和蘭陀商館が平戸へ戻ってくるかも知れないと、出島へは出店を出し、本店を残していてくれたときにだ」

頼りない返答をした弦ノ丞に、田中正太郎が強い口調で繰り返した。

「店がなくなるということは、奉公人もいなくなる。土地が空く。ものが売れなくなる。平戸に船が来なくなる」

「忘れられませぬな」

田中正太郎の話に志賀一蔵が入ってきた。

「我らが国元へ来たとき、平戸は江戸を上回るかと思うほど繁華でござった。さすがに南蛮船は、毎月のようには入ってきませぬが、異国の文物を求める商人が、平戸に集まり、その船で港は埋め尽くされておりました。それが和蘭陀商館がなくなって……」

志賀一蔵が瞑目《めいもく》した。

「……寂れた」

田中正太郎が志賀一蔵の後を受けた。

「……で」

「言わずともわかっておりまする」

口を開こうとした弦ノ丞に志賀一蔵が被せてきた。

「あやつらは商人。商人は利を求める者だと。貧した者に商人は寄ってきませぬ」

「近づいて参りましたが、今」

志賀一蔵に弦ノ丞が言い返した。

「ああ、一つまちがえておりましたな」

小さく志賀一蔵がため息を吐いた。

「なにをまちがえたと」

弦ノ丞が問うた。

「貧した者にも近づく商人はおりました」

「そのような商人がおりましょうか」

言った志賀一蔵に、弦ノ丞が疑問を呈した。

「おりますよ。一人だけ」

志賀一蔵が一度声を溜《た》めた。

「貧した者に近づく商人とは、金貸しでござる」

「金貸し……」

弦ノ丞が驚いた。

「かならずしも金を出すだけではございませぬがな。こちらに負い目を持たせて、貸しを作ろうといたしまする。そして、十二分なまでの利息が付いた頃合いを見て、貸しを返せと迫ってくる」

志賀一蔵が告げた。

「大久保屋は、我らに貸しを作ろうとしている」

「我らというか、松浦家でしょうな。その一端として、我らに近づいた」

確認しようとした弦ノ丞に志賀一蔵が述べた。

「……これか、御家老熊沢さまが仰せだったのは」

弦ノ丞が呆然《ぼうぜん》となった。

第三章　敵地騒動

一

出島が交易唯一の拠点となった。

金を持っている商人、儲《もう》けを狙っている商人が、出島を目的に集まってくる。

その金の匂いに寄せられてくる者もいる。

まともなところでは、荷揚げの仕事が増えると考える人足、増えた男を客にする遊女、腹を空《す》かせた連中を引き寄せる食いもの屋台といったところになる。ろくでもないのは、稼いだ日銭を奪い取ろうとする博徒、酔客の懐を狙う掏摸《すり》、金のある蔵を狙う盗賊、そしてなんでもいいから金を手にしようとする無頼であった。

「百足《むかで》の親分はおいでかね」

大久保屋が金屋町《かなやまち》のしもた屋を訪れた。

金屋町は、奉行所のある本博多町《もとはかたまち》から、五町（約五百五十メートル）ほど北にある新しい町屋であり、商家はもちろん、職人などが住む雑多な場所であった。

「どちらさまで……これは旦那」

扉を開けた大久保屋を、若い男が迎えた。

「しばし、お待ちを」

若い男が、上《あ》がり框《がまち》に大久保屋を残し、奥へと入った。

「……こいつは大久保屋の旦那」

待つほどもなく、壮年の男が顔を出した。

「どうぞ、汚いところでござんすが、お上がりになって」

「せっかくのお誘いだが、今日は急ぐのでね」

壮年の男、百足の親分の誘いを大久保屋が断った。

「そいつは残念で」

あっさりと百足の親分が引いた。

「一つ頼まれてくれるかい」

「もちろん、お引き受けいたしやす」

内容も聞かずに百足の親分がうなずいた。

「助かるよ。これを」

安堵《あんど》した顔で大久保屋が懐から紙入れを取り出して、そのまま百足の親分に渡した。

「いつもどうも」

百足の親分が頭を下げた。

「三宝寺を知っているね」

「寺町の浄土宗の」

確認した大久保屋に百足の親分が応じた。

「そうだよ。それを焼いてくれな」

「へい」

ためらうことも事情を訊《き》くこともなく、百足の親分がうなずいた。

「急ぐんだよ」

「では……猪作《いのさく》」

念を押された百足の親分が、先ほどの男を呼んだ。

「へい」

すぐに若い男が顔を出した。

「寺町の三宝寺に火を付けてこい」

「へい」

猪作と呼ばれた若い男が首肯した。

「……その後は、しばらく身を隠していろ。そうよな、博多にでも行って遊んでこい」

たった今もらったばかりの紙入れをそのまま、百足の親分が猪作に渡した。

「これは……」

猪作が紙入れの重さを手で量って、息を呑《の》んだ。

「一人でいいな」

「へい」

念を押された猪作がうなずいた。

「今日中にな」

「お任せを」

猪作が出ていった。

「さすがだねえ」

紙入れをそのまま渡した百足の親分に感心した。

「いえ、火付けはあれくらいしねえと、罪が重いので逃げ出しかねませんので」

百足の親分が言った。

「あのまま逃げるとは思わないのかい」

「そんなまねをしたら、どうなるかくらいあいつもわかっていやすよ」

小さく百足の親分が笑った。

「それに金があれば、訴人《そにん》はしませんから」

「訴人か。それは考えていなかった」

百足の親分に言われて、大久保屋が首を横に振った。

「金がある間は、誰も奉行所なんぞに近づきたくはありやせんから。あいつも叩《たた》けば埃《ほこり》の出る身体でござんすから。訴人するのは、ほとんどが金がなくなり、明日からどうすればいいか、わからなくなった馬鹿が、血迷ってでござんす」

「なるほどね」

大久保屋が納得した。

「では、頼むよ」

「わざわざのご足労いただき、ありがとうございました」

手を上げた大久保屋を百足の親分が見送った。

「華吉《はなきち》」

大久保屋が辻《つじ》を曲がるまで見送った百足の親分が、別の配下を呼んだ。

「へい」

「三宝寺を見てこい。あの大久保屋が気にするんだ。きっとなにかあるはずよ。それから、今夜猪作が、寺を燃やす。それを見届けろ」

「承知しやした。で、猪作はどうしやす」

「言うまでもないだろう。長崎を出たところで、殺せ。懐にある金はおめえの好きにしていい」

「ごちそうさまで」

「終わってから言え」

「へい」

華吉と言われた無頼が、尻端折《しりはしょ》りをして駆け出した。

「強欲でいけば、長崎でも五本の指に入る大久保屋が、金を惜しまずに出した。こいつは、うまくやれば、金になるぜ」

一人になった百足の親分が口の端を吊《つ》り上げた。


一日を無為に過ごすことになった弦ノ丞たちは、夕餉《ゆうげ》も早々に床に就いた。

「……眠れぬ」

身体《からだ》を動かしたわけでもなく、旅の疲れなどは若さでとっくに消えている。弦ノ丞は、寝返りを何度も繰り返した。

「眠れませぬか」

見かねたのか、田中正太郎が声をかけた。

「起こしてしまいましたか」

申しわけなさそうに弦ノ丞が詫《わ》びた。

「いや、拙者も眠れませぬ。郷を巡って歩き回り、疲れ果てて眠る癖が付いてしまったのでしょうな」

田中正太郎が同じだと言った。

「志賀どのは、よく眠られているようだ」

「はい」

弦ノ丞と田中正太郎が笑い合った。

「少し外で話しましょうぞ」

「でござるな。さすれば眠くもなりましょう」

田中正太郎に誘われて、弦ノ丞が従った。

「……遠く、声がしまするな」

縁側に出た田中正太郎が耳を澄ませた。

「遊所でございますか」

「おそらくは。平戸では、夜まで遊所はやっておりませぬ。お許しが出ておりませぬでな」

弦ノ丞の問いに、田中正太郎が応じた。

「江戸はいかがでござる」

「変わりませぬ。相変わらず、繁華でござった」

懐かしむような田中正太郎に、弦ノ丞が告げた。

「忘れられませぬな。あのころのことは」

「辻番であった日々でございますな。拙者も」

田中正太郎の感慨に、弦ノ丞も同意した。

「貴殿はこの間でございましょう。拙者はもう二年も前。それでも忘れられぬのは、江戸が恋しいのかも知れませぬ」

「………」

弦ノ丞が黙った。

「国元がどうだというわけではございませぬ。ですが、江戸と比べれば穏やかに過ぎる。郷は皆、一つにまとまっており、よそ者が入ればすぐに知れる。盗賊など出ようがござらぬ。辻斬りもござらぬ」

田中正太郎が愚痴るように言った。

そもそも辻番は、牢人《ろうにん》や国元ではうだつの上がらなかった連中の流入で治安の悪化が激しい江戸の町を守るために設けられた。

つまり町奉行所や火付け盗賊改め方だけでは足りないほど、盗賊や辻斬りが江戸には横行していた。

弦ノ丞も田中正太郎も志賀一蔵も、夜を徹してこれらを見張り、防いできた。

「このようなことを申してはなんなのでございましょうが……」

小さく田中正太郎がため息を吐《つ》いた。

「毎日領内を歩き回るだけの日々を、これからも送らねばならぬのかと思えば、たまりませぬ」

「田中どの」

俯《うつむ》く田中正太郎を弦ノ丞は見つめるしかできなかった。まだ国元へ来たての弦ノ丞のなかにそれほど鬱積したものはないが、辻番頭として若かった弦ノ丞の面倒を見てくれた田中正太郎の姿に、己の未来を感じたのは確かであった。

「……いや、恥ずかしい姿をお見せ……」

詫びていた田中正太郎の気配が変わった。

「この臭いは」

すぐに弦ノ丞も気づいた。

「火だ」

江戸で松浦家上屋敷に隣接していた空き屋敷が放火された現場にいたことがある弦ノ丞は、その臭いを鮮烈な記憶として、まだ残していた。

「刀を」

「皆を起こせ」

田中正太郎と弦ノ丞が本堂へと飛びこんだ。

猪作は用意してきた反故紙《ほごがみ》と油を使って、三宝寺の山門に火を付けた。

「燃えろ、燃えろ」

夜の闇を彩る炎は人を興奮させる。

猪作が目を大きく見開いて、口の端をゆがめた。

「……燃えあがれ」

無意識に猪作が呟《つぶや》きを漏らした。

「危ねえな、あいつ」

その姿を華吉が少し離れた辻の角から覗《のぞ》き見ていた。

「あ、油が足りねえ。反故紙ももうない」

猪作が意外と拡《ひろ》がらない炎に苛立《いらだ》った。

「なにか、燃やすものはないか」

火の照りで明るくなった周囲を、猪作が探った。

「水を」

「承知」

弦ノ丞の指示で、叩き起こされた小者たちが、手にしていた桶《おけ》の水を山門へとかけた。

「開けよ」

山門の火は燃えあがる前に消し止められた。

弦ノ丞が火付けの犯人を捕まえるために、指図をした。

潜《くぐ》り門《もん》は燃えておらず使用できるが、身体を屈《かが》めなければ出入りできないだけに、どんな剣術の名手でも襲撃されれば対応が難しい。

辻番としての経験は、実戦に即して弦ノ丞を育てていた。

「はっ」

閂《かんぬき》が抜かれ、山門が内側へ引き開けられた。

「あわっ」

その様子に猪作が戸惑った。

先ほどまで感じていた興奮が一度に醒《さ》めた。

「まずい」

あわてて猪作が背を向けて逃げ出そうとした。

「あやつだ。逃がすな」

「おう」

「おうりゃあ」

弦ノ丞の指示に田中正太郎と志賀一蔵が飛び出した。

「うわああ」

必死に猪作が走る。

「逃がすか」

志賀一蔵が歳《とし》とは思えぬ足運びで、猪作を追った。

「……ひいっ」

振り向いた猪作が、志賀一蔵の形相を見て悲鳴をあげた。

走って逃げているときに振り向くのは悪手であった。顔を後ろに向けるため、前への注意がおろそかになる。頭を何度か振ることになるため、重心がぶれる。

「あわっ、ぎゃっ」

寺町から坂道を下って川のほうへと駆けていた猪作が、案の定、足下を狂わせて、転んだ。

「痛あ。あっ」

「捕まえた」

志賀一蔵が、呻《うめ》きながらも起きあがってもう一度逃げようとした猪作に飛びついてその腕を取った。

「おとなしくしろ」

「ぎゃああ」

腕を曲げてはいけない方向へ押しやられた猪作が悲鳴をあげた。

「縄を」

「わかり申した」

追いついた弦ノ丞が、田中正太郎に命じた。

「……抵抗すれば折る」

志賀一蔵が一層の力を入れて猪作の右腕を極《き》めた。

「ぎゃああ」

絶叫する猪作を、田中正太郎が外した刀の下緒《さげお》で手際よく、縛りあげた。

「志賀どの、そやつを寺へ」

「おう」

弦ノ丞に言われた志賀一蔵が起きあがって、猪作を引き立てていった。

「田中どの」

「ああ」

弦ノ丞の囁《ささや》きに、田中正太郎が首肯した。

「…………」

田中正太郎と弦ノ丞が耳を澄ました。

「……聞こえるか」

「足音であろう。もうかなり遠くなっている」

二人が顔を見合わせてため息を吐いた。

「逃がしたか」

「どこの者だと」

「わからぬ」

問うた田中正太郎に弦ノ丞が首を横に振った。

弦ノ丞も田中正太郎も、偶然松浦藩の者たちが三宝寺に宿泊してすぐに火付けがやってくるなどと考えるほどおめでたくはない。

「思いあたる相手が多すぎる」

弦ノ丞が嘆息した。

二

逃げ出した華吉は、その足で百足の親分を訪ねた。

「……こんな夜中に起こされて、悪い話を聞かされるとは、ついてねえな」

百足の親分が華吉の報告にため息を漏らした。

「…………」

華吉が悪いわけではない。詫びも言わず、頭も下げずに華吉は、百足の親分の怒りを流した。

「……で、紙入れはどうなった」

「あいにく、取り戻すことはできませんで……すいやせん」

百足の親分の声が低くなり、今度は華吉も謝罪した。

「仕方ねえ。それはおめえの取り分だったからな」

「へえ」

これ以上金は出さないと百足の親分に言われた華吉が同意した。

「猪作はどうなった」

「おそらくは捕まったかと」

百足の親分に問われた華吉が答えた。

「……おそらく」

眉をしかめて百足の親分が華吉を見た。

「最後まで見ていては、こっちも捕まりそうでして」

「そんなに松浦藩の者はできるのか」

華吉の言いわけに、百足の親分が目を細めた。

「あいつら猪作を追いながらも、周囲に目をやってやした」

「…………」

百足の親分が腕を組んだ。

「ふむう」

「………」

親分が思案しているとき、子分は口出しをしない。華吉は黙って百足の親分が口を開くのを待った。

「まだ、夜明けには間があるな」

「明るくなるまでには、まだ一刻《いっとき》（約二時間）以上は」

確認した百足の親分に、華吉がうなずいた。

「よし、まだ間に合う。おい、華吉」

「へえ」

呼びかけられた華吉が応じた。

「おめえが行け」

「へっ……」

命じられた華吉が啞然《あぜん》とした。

「さすがに一夜に二度も火付けはないと油断しているはずだ」

「あっしが……火付けを」

まだ華吉は理解していなかった。

「そうだ。おめえが火を付けろ」

「それは……」

華吉が戸惑った。

「火を付けて松浦藩の者どもが混乱している隙に、猪作をどうにかしろ。猪作が長崎奉行所に引き渡されては、ちいと面倒になる」

「……………」

百足の親分の話に、華吉が黙った。

「できなきゃ、できないでいい。そのときは、長崎から出ていきな。そして二度と足を踏み入れるな。見つけたら殺す」

ぐっと百足の親分が華吉を睨《にら》んだ。

「あっしの失敗でもないのに……あんまりでござんしょう」

華吉が泣きそうな顔をした。

「忘れたわけじゃあるめえ。親分、子分となるときに、俺さまの言うことは絶対だと誓ったはずだ」

「……それはそうでやすが」

無頼の道理を突きつけられた華吉が困惑した。

「その代わり、なし遂げたときは、客分にしてやる」

「客分に……」

華吉が驚いた。

客分とは、その名の通り、客扱いされる者のことで、親分子分ではなく、兄弟分になる。縄張りを受け継ぐことはできなくなるが、今まで以上の待遇が約束される。また、どこぞの縄張りを奪いたいと思ったときには助力ももらえる。

使い走りに毛が生えたていどの扱いしか受けていない華吉にとって、客分は大きな褒美であった。

「きっとでござんすよ」

「ああ、この百足の辰五郎《たつごろう》が名にかけて誓うぜ」

念押しした華吉に百足の親分が強く首を縦に振った。


火付けを受けた三宝寺は大騒ぎであった。

「かたじけないことでございまする」

三宝寺の僧侶が、未然に火事を防いだ弦ノ丞たちに感謝した。

「いや、寄宿させていただいておるのでございまする。吾《わ》が家を守るのと同じ」

弦ノ丞が手を振った。

「犯人は……」

「取り押さえておりまする。明日早々に奉行所へ引き渡しまする」

問うた僧侶に、弦ノ丞が答えた。

「それまでの見張りも、こちらでいたしましょう」

「助かりまする」

僧侶が安堵した。

「ああ、これを」

弦ノ丞が思い出したとばかりに、猪作の懐から出てきた紙入れ、そのなかに入ってい
た小判十枚を差し出した。

「こちらは……」

「火付けをした者の懐にございました。火付けは重罪。あやつはまちがいなく火あぶり
になりましょう。死に逝く者に罪はございませぬ。どうぞ、その金で山門の傷みを直し、
後生《ごしょう》を願ってやってはいただけませぬか」

「死に逝く者の後生を……たしかにそれこそ御仏《みほとけ》の道に添うことでございますな。では、
そのようにさせていただきまする」

真面目な表情でうなずいた僧侶が金を受け取った。

「では、我らは朝まで警戒をいたしておりまする」

「お願いをいたしまする。朝餉はこちらで用意いたしましょうほどに」

夜を徹して見張りをすると言った弦ノ丞に、僧侶が感謝の意を示した。

「……いや、なかなか、お見事なる口上」

少し離れたところで僧侶と弦ノ丞の遣《や》り取《と》りを見ていた田中正太郎が、近づいてきた。

「…………」

憮然《ぶぜん》とした顔で弦ノ丞が迎えた。

「頭分《かしらぶん》のお役目でござる」

田中正太郎が苦笑した。

「わかってはおるが……」

「なんのための火付けか、それが表沙汰にならなければ、問題ござらぬ」

僧侶をだましたような気分の弦ノ丞に、田中正太郎が告げた。

「なにか申しましたか」

弦ノ丞が話題を猪作へ向けた。

「なにも申しませぬな」

「少し打ち叩いては……」

首を振った田中正太郎に、弦ノ丞が手荒な尋問を提案した。

「勝手に取り調べをしたとなると、余計な口出しだと長崎奉行さまの御気色《ごけしき》を損ねることになりかねませぬ」

田中正太郎が否定した。

どこの役人も同じだが、己の職分に手出しをされることを嫌う。これから長崎奉行馬場利重とのかかわりが出てくる松浦藩としては、悪感情を持たれるのは避けたいところであった。

「向こうでしゃべられても都合が悪いのではござらぬか」

松浦藩の者を狙っての火付けだと言われれば、馬場利重の興味を引きかねない。それを弦ノ丞は懸念した。

「気にするほどのことではございますまい。かえってその怖《おそ》れを知りつつも犯人を素直に差し出したとお考えになられましょう」

「そうであればいいが……」

田中正太郎の返答に、弦ノ丞が引いた。

「問題は別のところにござる」

「逃げ出した男でござるな」

表情を引き締めた田中正太郎に、弦ノ丞が同意した。

「あの男の役目はなんだとお考えになりまするや」

田中正太郎が問うた。

「見張り……いや、検分役」

「うまく火が付いたかどうかを確かめる……」

弦ノ丞の答えに、田中正太郎が少し首をかしげた。

「違うのか」

「おそらく」

訊いた弦ノ丞に田中正太郎が言った。

「では、なんだと」

「後始末ではないかと」

「あやつの口封じ……」

田中正太郎の言葉に、弦ノ丞が息を呑んだ。

「火付けは大罪でござる。うまくいこうがいくまいが、捕まれば火あぶり。当然、その前には背後に指示した者がいなかったか、などを吐かせるために壮絶な拷問がおこなわれまする。信心深き切支丹《キリシタン》を転ばせたほどのものをその身に受けて、あやつがしゃべらないはずはございませぬ」

「ああ」

弦ノ丞が理解した。

「となれば……」

「今夜が危ない」

弦ノ丞と田中正太郎がうなずきあった。

「志賀どのに、あやつの警固《けいご》は任せて、我ら二人で待ち伏せをいたしましょう」

「承知した」

田中正太郎の提案に、弦ノ丞が同意した。

寺町だけに、三宝寺も左右を寺院に挟まれている。ただ、山門に向かって左側の深崇《じんそう》寺《じ》との間には細い路地があった。

「拙者はここに」

田中正太郎が路地に身を潜めた。

「では、吾《われ》は浄安寺《じょうあんじ》の山門陰に」

弦ノ丞が反対側を選んだ。

すでに志賀一蔵に話はしてある。小者たちも全員が起きて、猪作を守っている。

「……来たか」

弦ノ丞が潜んでいる浄安寺の西にある辻から人の気配がした。

「…………」

身を潜めるため、腰から両刀を外し、太刀だけ手にした弦ノ丞が、平蜘蛛《ひらぐも》のように山門の石段に伏せた。

首だけを出して寺町通りの様子を窺《うかが》っていた華吉が、人気《ひとけ》のないのを確認して姿を現した。そのまま静かに三宝寺へと向かう。

その様子を弦ノ丞は地に伏しながら見ていた。

「追いたてる」

華吉の背中が見えたところで、弦ノ丞が立ちあがって、田中正太郎へ合図を出した。

「わっ」

不意に背後から声をかけられた華吉が驚愕《きょうがく》して、振り返りもせずに逃げ出した。

「あきらめよ」

すでに太刀を抜いた田中正太郎が辻から出てきた。

「くそお、待ち伏せてやがったか」

足を止めた華吉が、背後の弦ノ丞を見た。

「神妙にいたせ。手向かえば容赦せぬ」

「やかましい」

弦ノ丞の警告を聞かず、華吉が長脇差を振りかぶって威嚇《いかく》した。

「死にたくなかったら、道をあけやがれっ」

「武士に刀での脅しが効くわけなかろう」

弦ノ丞があきれた。

物心ついたときから、武士は刀を側《そば》に置く。普段は手入れのときくらいしか抜くことはないが、それでも白刃の持つ恐怖には慣れる。

ましてや松浦藩の辻番は、実戦を経験しているのだ。無頼が一人長脇差を振りあげたくらいでおののくはずはなかった。

「くそっ」

嘲笑された華吉が長脇差を弦ノ丞へとぶつけてきた。

「遠いわ」

真剣は慣れていないと、己のものでもその迫力に身が縮む。間合いが遠すぎることに気がつかなくなる。

弦ノ丞は華吉の一撃を動くことなく見過ごした。

「あつっ」

力一杯振ったが届かなかった長脇差はそのままの勢いで、切っ先を下に走らせて華吉のつま先を傷つけた。

「わあああ」

痛みに自棄《やけ》になった華吉が、いきなり弦ノ丞に背を向けて、田中正太郎のほうへと走った。

「……………」

「おとなしく寝ておれ」

あきれる弦ノ丞の目の前で、田中正太郎が横にした太刀の腹で華吉の肩を打った。

「ぎゃっ」

肩の骨を折られた華吉が絶叫して、気を失った。

「……どうやら、終わったようだ」

弦ノ丞が周囲を見回して、太刀を鞘《さや》へ納めた。

三

失敗は夜明けとともに百足の親分こと辰五郎の知るところとなった。

「しくじりやがったな」

最初の猪作は使い捨てにするつもりだったので、華吉を見張りに付けた。二度目となる華吉の見張りを手配する暇はなかったため、成功すれば戻って報告するように、客分という地位を餌にした。

辰五郎は華吉が帰ってこないことで、失敗を悟った。

「となると、まずいな」

猪作も華吉も辰五郎の配下であり、その指図に従ったのだ。長崎奉行所でそれを話されたら、辰五郎もお尋ね者になる。

「奉行所の連中に捕まるような、情けねえまねはしねえが」

辰五郎が難しい顔をした。

大名、商人、オランダ人が交易の利を求めて長崎に集まってきている。当然、その儲けのおこぼれに与《あずか》ろうと、辰五郎のような無頼も長崎に寄《たか》っていた。

お尋ね者になったとしても、日ごろから長崎奉行所の与力、同心には金か女を宛てがって懐柔しているだけに、そう厳しい詮議はまずされない。

だからといって、表通りを堂々と歩き回るわけにはいかない。奉行所の役人にも面目というものがある。申しわけなさそうに、日が暮れてからこそこそと動くぶんには見逃してもらえても、目立つまねをしていては周囲からの圧力も出てくる。

「辰五郎がおりました」

「どこどこで辰五郎を見ました」

こういった訴えが続けば、馬場利重の耳にも入る。そうなれば、終わるのは辰五郎ではなく、与力、同心になる。

これが夜だと、訴えを受けたところで、

「暗くて見まちがえたのだろう」

こうあしらうことができる。

お尋ね者になったところで、辰五郎が捕まることはまずない。

とはいえ、やりにくくなるのは確かである。いかに無頼の本場は闇のなかだとしても、夜しか動けない者に仕事を依頼する者はそうそういない。

また、辰五郎と縄張りを争う者たちにしてみれば、昼間はやりたい放題になる。

「まずいな」

縄張りの危機に辰五郎が苦い顔をした。

「やるしかないか」

大きく辰五郎がため息を吐いた。

「おい、人を集めろ」

猪作、華吉の代わりにと集めた配下に辰五郎が指示をした。


朝起きると虜囚が二人に増えていた。

「盗賊まで……松浦の方々はまるで不動明王さまのようでございますな」

感心した三宝寺の僧侶が、弦ノ丞の依頼で小坊主を長崎奉行所まで走らせてくれた。

「……奉行所の方々が引き取りに見えられるそうでございまする」

半刻（約一時間）少しで使いに出ていた小坊主が戻ってきた。

「そうか。ごくろうであった。これで勉学の墨でも買ってくれ」

弦ノ丞が用意していた小遣い銭を小坊主の手に握らせた。

「このようなものをいただいては、師僧より叱られまする」

「喜捨だと思ってくれ」

断ろうとした小坊主に、弦ノ丞が手を振った。

「お供物《くもつ》とあれば、断るわけには参りませぬ。ちょうだいいたしまする」

理由を与えられた小坊主が、喜んで小銭を懐へ入れた。

「……連れて来いと言いませなんだな」

小坊主が去ったところで、志賀一蔵が弦ノ丞に話しかけた。

「手柄を吾がものにしたいのだろう」

田中正太郎が吐き捨てるように言った。

縄付きを、どう見ても奉行所の者でない武家が長崎奉行所へ連行する。これは、奉行所の役人以外が、犯罪者を捕縛したと明らかにするも同然で、それを見た長崎町民たちの噂《うわさ》になってしまう。下手をすると長崎奉行所の評判に傷がつきかねない。

「どう思われまする」

志賀一蔵が弦ノ丞に問うた。

「我らも帯同すべきだと」

弦ノ丞が確かめた。

「…………」

無言で志賀一蔵が肯定した。

「させてくれまい」

田中正太郎が志賀一蔵に言うようにして、弦ノ丞にも聞かせた。

「手柄を奪われると考えるか」

「あるいは、長崎の町に奉行所の者を襲うやつがいると認めることになる」

志賀一蔵の問いに、田中正太郎が答えた。

長崎奉行は幕府遠国《おんごく》奉行《ぶぎょう》のなかでもとくに重きを置かれている。初期だけとはいえ、大名が任じられたほど、長崎奉行の権威は高い。

その長崎奉行のお膝元、長崎の町で奉行所の者が襲われたとなれば、馬場利重の面目が失なわれる。それを防ぐためには、相応の人数を出すべきであるが、無頼二人のために何十人も出すのは、矜持《きょうじ》にかかわる。

かといって外様の家臣たちの手助けを求めたとあっては、より外聞が悪くなる。

「来ると思うか」

弦ノ丞が田中正太郎と志賀一蔵に尋ねた。

「来ましょう」

「おそらく」

二人の考えは一致していた。

「火付けを命じたとなれば、天下六十余州に身の置きどころはなくなりまする。少なくとも長崎からは離れなければならなくなりましょう」

志賀一蔵が述べた。

「火付けをさせるくらいだ、長崎の闇を仕切っているのだろう。そいつが、長崎におられなくなっては……」

「終わりだな」

田中正太郎の言葉の最後を弦ノ丞が奪った。

「志賀」

弦ノ丞が頭分としての言葉遣いになった。

「先に出て、周囲を探れ。小者を二人連れて出ていい」

「承知いたしましてござる」

すぐに志賀一蔵が小者二人を伴って本堂から出ていった。

「拙者はどう……」

田中正太郎が訊いた。

「さすがに拙者一人で奉行所のお役人の相手はおかしい」

松浦藩が一人しか士分を出していないのは、不自然に過ぎる。奉行所の役人は、そういったところから、なにかを感じる。そのことを弦ノ丞は江戸南町奉行所の与力相生拓《あいおいたく》馬《ま》とのつきあいで経験していた。

「役人が帰ったら、その後を付けるようにしてくれ」

「承知いたした。で、お頭は」

弦ノ丞の指揮にうなずいた田中正太郎が質問した。

「浄安寺前の辻から、役人たちの前に回る」

弦ノ丞が己の行動を告げた。

「ただ、地理不案内が気になる」

「目立たぬようにしてでも、下見をしておくべきでしたか」

悔やむ弦ノ丞に、田中正太郎が首を横に振った。

「いたしかたない。奉行どのに会うのが、目的であったのだからな」

弦ノ丞が言いながらもため息を吐いた。


小坊主が来ると伝えてから一刻（約二時間）以上して、ようやく長崎奉行所の役人が三宝寺に現れた。

「長崎奉行所与力、佐賀野弥兵衛門《さがややえもん》である。これなるは同心の板橋じゃ」

「松浦藩斎弦ノ丞でございまする」

老齢の与力の名乗りに、弦ノ丞が代表して応じた。

「先ほど、山門を見て参った。あれじゃな」

「さようでございまする」

佐賀野弥兵衛門の問いに、弦ノ丞がうなずいた。

「火付けと盗賊との報《しら》せであったが……」

縄で縛られた猪作と華吉を見て、佐賀野弥兵衛門が戸惑った。

「あちらの色の黒い者が火付けで、こちらの背の低いのが盗賊でございまする」

「さようか」

弦ノ丞の説明に佐賀野弥兵衛門が納得した。

「こやつらの持ちものなどは」

「こちらにまとめてございまする。火付けに使った油の入っていた壺《つぼ》、火打ち石、匕首《あいくち》」

まず弦ノ丞は猪作のものから始めた。

「続けて、この長脇差が盗賊のものでございまする」

「これだけか」

「はい」

念を押した佐賀野弥兵衛門に弦ノ丞が首肯した。

「懐中ものがないようだが」

財布はどうしたと佐賀野弥兵衛門が、鋭い目で弦ノ丞を睨んだ。

「素裸にはいたしておりませぬので、とりあえず、目に付いたものだけを取りあげて、あとはお奉行所でのお調べにお任せすべきと考えまして」

「うむ。神妙である」

弦ノ丞の回答に佐賀野弥兵衛門が満足そうに首を縦に振った。

「では、引き取る。おい」

「へい」

佐賀野弥兵衛門が連れてきた配下に命じた。

「引っ立てよ」

「立ちやがれ」

「さっさとしねえか」

縄尻を持った小者たちが、佐賀野弥兵衛門の合図で猪作と華吉を無理矢理立たせた。

「ご苦労であった。なにかあれば、そなたたちを呼び出す。遅滞なく奉行所まで来るように」

「承知いたしております」

佐賀野弥兵衛門の言葉に弦ノ丞が頭を下げた。

四

辰五郎が、集まった配下たちを数えた。

「全部で八人か、少ないな。他はどうした」

「市山の旦那は、まだ南蛮屋で」

不満そうな辰五郎に訊かれた配下が、答えた。

「戦いだと言ったのだろうな」

「もちろんで。ですが、奉行所の役人ごときに拙者が出るまでもなかろうと」

辰五郎に念を押された配下が、市山の代弁をした。

「ちいと剣術ができるからといって、態度がでかすぎるな。一度、どっちが上かをわからせねえといけねえ。では、亀太郎は」

「亀太郎の兄貴は、荷揚げ人足の差配に出てやす」

「荷揚げ人足の差配か。なら、しかたねえ」

辰五郎が認めた。

無頼の金稼ぎに荷揚げ人足の派遣があった。長崎は船の出入りが激しく、常に荷揚げあるいは積みこみがある。その人足を辰五郎は抑えており、他の者には荷揚げ人足をさせないように圧力をかけている。そうすることで、辰五郎は荷揚げ人足の賃金を吊り上げていた。もちろん、十二分な仲介料を取っている。これが隠し遊女、博打《ばくち》に次ぐ、大きな収入源であった。

「征《まさ》はどうしている」

「あいつの姿を、一昨日から見ておりやせん」

「ちっ、逃げたな」

配下の話に、辰五郎が舌打ちをした。

「義理を欠きやがって、見つけたら連れて来い。おれが自ら引導をくれてやる」

無頼は不意にやってきて、いつの間にか消える。御法度《ごはっと》の行為をおこなうのだ。いつでも逃げ出せるように身軽にしている。親分が子分を見捨てるように、子分も親分を見限ることはままあった。

「しかたねえ」

来ない連中のことをいつまでも考えていてもしかたがない。

辰五郎が頭を切り替えた。

「俺を入れて九人か。弓を使えるやつはいねえな」

「あいにくだな。弓は修練がないと当たらん」

牢人の一人が首を左右に振った。

「稲生《いのう》さんは、槍《やり》をお使いでしたかね」

「槍ならば、人並みには使える」

確認した辰五郎に、稲生が首肯した。

「他に槍は……」

「拙者も槍は得手だが……得物がの」

集まっている配下を見回した辰五郎に、若い牢人が気まずそうに手を上げた。

「伊豆木《いずき》さん、また博打ですか」

辰五郎があきれた。

「すまぬ」

伊豆木と呼ばれた若い牢人が俯いた。

「借金の形に押さえた槍があるはず。それを使っていいが、ただし、貸すだけだ。ことが終わったら返せ。勝手に売り払ったりしてみろ。叩き出す」

「……う、うむ。すまぬな」

釘《くぎ》を刺された伊豆木が一瞬の間を置いて了解した。

「三宝寺から奉行所へ帰るとしたら、稲荷神社《いなりじんじゃ》の前を通るに違いない。そこで待ち伏せをする」

「他の経路はいいのか」

稲生が訊いた。

「そこまで手を伸ばす余裕がねえのもあるが、寺町をできるだけ早く抜けたいだろう、奉行所の役人としては。あのあたりは人気がねえ。せっかくの手柄だぞ。町の連中に見せつけたいと思うはずだ。となると、三宝寺から真《ま》っ直《す》ぐ川へと向かい、橋を渡って町中へ出るのがもっともだ」

「たしかにの」

辰五郎の説明に、稲生が納得した。

「百足組の命がかかっている。気張れよ」

「おう」

辰五郎の鼓舞に、一同が唱和した。


志賀一蔵率いる一団は、無頼の姿を探して、三宝寺から本博多町の奉行所まで来ていた。

「おらぬな。戻るぞ」

奉行所近くに怪しい気配はない。志賀一蔵は来た道を変えながら、三宝寺へと戻り始めた。

「志賀さま」

先を進んでいた小者が、志賀一蔵に声をかけた。

「どうした」

「あそこを」

怪訝《けげん》な顔をした志賀一蔵に小者が指さした。

「怪しげな風体の者どもが」

「何人だ」

「ひい、ふう……九名かと」

志賀一蔵に尋ねられた小者が答えた。

「多いな。なにより、それが無頼の一味だとは確定できておらぬ」

慎重に行動するべきだと志賀一蔵が判断した。

「付けるぞ。怪しまれないように間をあけてじゃ」

「はっ」

志賀一蔵の命に、小者たちが従った。


佐賀野弥兵衛門率いる奉行所一行は、三宝寺に近い路地を、川に向かって下っていた。

「さっさと歩け」

猪作と華吉の縄尻を持つ小者が、二人の尻を蹴飛ばす。

「うっう」

わめかれては面倒なので猿ぐつわははめられたままであり、猪作と華吉は抗議の声をあげることもできず、転びそうになりながら、なんとか歩いていた。

「火付けと盗賊か。なかなかじゃの、板橋」

「さようでございますな、佐賀野さま」

先頭を行く佐賀野弥兵衛門に話しかけられた同心板橋が追従《ついしょう》した。

「大手柄じゃ。いや、松浦藩の者どもは、なかなかに役立つ」

佐賀野弥兵衛門が満足げに笑った。

「下手に問いただしもせず、奉行所まで連れてくるでもなく、控えめであることもよろしゅうございました。外様の小藩らしく、よく身のほどをわきまえておるようで」

板橋が続いた。

「そうよな」

佐賀野弥兵衛門が同意した。

「聞けば、長崎警固の助役を命じられるとか。その下調べに参ったのでございましょう」

「なるほどの。長崎は初めてというわけじゃ。少しは目をかけてやるとするか」

板橋の語りに佐賀野弥兵衛門がうなずいた。

「川が見えて参りました」

「よし。皆、声を大きくいたせ」

橋を指さした板橋に佐賀野弥兵衛門が指示を出した。

「へえい。火付けを捕まえたあ」

「盗賊に縄うったあ」

猪作と華吉の縄尻を持っている小者たちが声を張りあげた。

「くふふふふ。町中の者どもが驚くぞ」

佐賀野弥兵衛門がほくそ笑んだ。

「そうはいかぬよ」

橋を目の前にした佐賀野弥兵衛門たちの左手、稲荷神社から牢人たちが姿を見せた。

「何者じゃや。我らは長崎奉行所の者ぞ」

「今なら咎《とが》めぬ。道をあけて下がれ」

板橋に続いて佐賀野弥兵衛門も手を振った。

「下がるわけなかろうが。先ほどから大声を出しているのだ。おまえたちが奉行所の者だなんぞ、端《はな》からわかっておる」

稲生が二人を鼻で笑った。

「なんだとっ。では、おまえたちは」

「ようやく気づいたか。そやつらの仲間というわけだ」

顔色を変えた佐賀野弥兵衛門に稲生が言った。

「きさまら、奉行所を敵に回すつもりか」

板橋が十手を右手に構え、ひけらかすように振った。

「今更なことを訊いてくれるな……」

稲生が槍を板橋に向けた。

「死にたくなければ、そいつらを渡せ」

すっと稲生の雰囲気が変わった。

「ど、どういたします」

槍と十手では、間合いが違いすぎる。

蒼白《そうはく》になった板橋が、佐賀野弥兵衛門に指示を求めた。

「戻れ、三宝寺じゃ。松浦の者に手助けを頼む」

「は、はい」

佐賀野弥兵衛門の指図に、板橋の顔色が少し戻った。

「逃がすと思っているのか。おい」

稲生の合図で、奉行所の一行の後ろ側に伊豆木たちが現れた。

「ひえっ、与力さま」

最後尾の小者が悲鳴をあげた。

「は、挟まれた」

佐賀野弥兵衛門が唖然とした。

「こちらも急ぐのでな。これが最後だ。死んでから奪われるか、渡して生き延びるか。

さっさと決めろ。五つ数える間しか待たないぞ」

宣言した稲生が、数え始めた。

「一……二……」

「与力さま」

「さ、佐賀野弥兵衛門さま。ここは一度手放しても、また捕まえれば……」

すがるような声を小者が出し、板橋も機会はまたあると降伏を勧めた。

「うっ」

佐賀野弥兵衛門が呻いた。

「四……」

「わ、わかった」

あと一つとなったところで、佐賀野弥兵衛門が折れた。

「結構だ。おい、伊豆木、二人を連れてこい」

稲生が猪作と華吉に近い伊豆木に命じた。

「承知」

構えていた槍を下ろし、伊豆木が首肯した。

「…………」

そのとき、無言で駆け寄った田中正太郎が伊豆木の後ろにいた無頼二人を斬り伏せた。

「ぎゃあ」

「ぐわあ」

「なんだっ」

無頼二人の悲鳴に、伊豆木たちの注意が田中正太郎に向いた。

「ちい、加勢か。手間をかけすぎたな」

板橋と佐賀野弥兵衛門を注視していた稲生が舌打ちした。

「落ち着け、相手は一人だ」

稲生が伊豆木に注意を与えた。

「一人……」

伊豆木があわてて槍を田中正太郎へ向けた。

「遅い」

田中正太郎がまだ腰の据わらない伊豆木に迫った。

「わっ」

迫られた伊豆木が槍を無闇に突いた。

「…………」

切っ先を太刀で弾《はじ》き、すっと田中正太郎が間合いに入りこんだ。

「わあああ」

「やあ」

顔をゆがめて叫ぶ伊豆木の胸を田中正太郎が貫いた。

「くふう」

心の臓を破られた伊豆木が気の抜けたような息を漏らして崩れ落ちた。

「やる。おい、拙者があいつを押さえる。その間に二人を始末しろ」

稲生が槍を抱えて田中正太郎へ向かった。

「……え」

しかし、田中正太郎のすさまじい剣技を見せられた無頼たちは呆然《ぼうぜん》としたままだった。

「なにをしている、さっさとしねえか」

それまで稲荷神社の鳥居陰に隠れていた辰五郎が、思わず出てきて叱りつけた。

「おまえは、辰五郎」

板橋が辰五郎に気づいた。

「しまった。ええい面倒だ。稲生の旦那、全部やっちまってくだせえ」

「まったく、迂闊《うかつ》な」

すでに田中正太郎と対峙《たいじ》している稲生が頰をゆがめた。

田中正太郎の腕がどれほどかはわかっている。ここで背を向けて、奉行所の者や猪作と華吉を殺しに回るのは、命を失うに等しい。

「随分とえげつないまねをするな。とても主持《あるじも》ちとは思えぬぞ。名前も名乗らず、後ろからいきなり斬りかかるなど」

「…………」

稲生の揺さぶりにも田中正太郎は応じなかった。どころか、稲生がしゃべり終わった瞬間、間合いを詰めようとした。

「おっと」

稲生が穂先を揺らして、対応した。

しゃべるというのは息を吐くことである。人は息を吐いたとき、身体の力が抜け、咄《とっ》嗟《さ》の動きがしにくくなる。それを田中正太郎は狙った。

「こいつは、とんでもない相手だな。戦場を知っている。人も何度か斬っているな」

稲生が表情を引き締めた。

「正々堂々なんぞ、坊主の寝言だ」

田中正太郎が口の端を吊り上げた。

「……親分、これはまずいぞ」

稲生が田中正太郎から目を離さず、辰五郎へ告げた。

「猪作と華吉だけお願いしやす」

辰五郎が頼んだ。

「わかった」

「させると思うか」

うなずいた稲生を田中正太郎が牽制《けんせい》した。

「できなきゃ、困るのさ」

稲生がにやりと笑った。

「ほれ」

槍の石突きを持った稲生が、軽々と槍を振り回した。

「むっ……」

田中正太郎が間合いを空けた。

槍の怖ろしさは、その間合いの広さにある。一間《けん》（約一・八メートル）ほどの円を描くように穂先がすばやく回転している。その間合いに踏みこむのは厳しい。そして、突いてきたときのように刀の腹で受け流すことも簡単ではない。回転する勢いは、直線の動きよりも力があり、迂闊に防ごうとすれば太刀が負けて持っていかれる。

「ほれほれ」

稲生が調子に乗って、槍を回しながら田中正太郎へと近づいた。

「……」

これ以上下がるのはまずい。佐賀野弥兵衛門たちと離れすぎてしまう。田中正太郎が腰を落とした。

「喰《く》らえ」

回していた槍の機を計って、稲生が柄《え》を離した。

「うおっ」

勢いのままこちら目がけて飛んできた槍を、田中正太郎が倒れるようにして躱《かわ》した。

「しゃっ、やあ」

槍を投げたような形になった稲生が、太刀を抜きながら猪作と華吉に斬りつけた。

「……うっ」

「むう」

猿ぐつわをされている猪作と華吉が、くぐもった悲鳴をあげて血に染まった。

「逃げるぜ」

そのまま稲生が辻を下った。

「てめえら、足留めをしろ」

それを見た辰五郎が、配下たちに命じて稲生の後を追った。

「……ちい。しまったわ」

田中正太郎が唇を噛《か》んだ。

「ひえええええ」

「お助けっ」

二人の縄尻を持っていた小者が腰を抜かした。

「…………」

「ええと」

佐賀野弥兵衛門と板橋は衝撃の状況に呆然となった。

「冗談じゃねえ」

「親分と稲生の旦那がいねえんだ。使い捨てにされてたまるか」

足留めを言われた配下たちも背を向けた。

「……くそっ」

田中正太郎の位置からではとても追いつけるものではない。田中正太郎が血の付いた太刀を拭いながら、奉行所の者たちへ近づいた。

「大事ないか」

「うへえ」

腰の抜けた小者が、田中正太郎に声をかけられて悲鳴をあげた。

「はあ……」

田中正太郎がため息を吐いた。

逃げた稲生と辰五郎が、駆けつけようとしていた志賀一蔵一行と橋の上で鉢合わせした。

「冗談じゃねえ」

稲生があっさりと方向を変えて、川筋を北へと駆けていった。

「なんなんだ、おめえらは」

驚愕して立ち止まった辰五郎が、志賀一蔵を怒鳴りつけた。

「松浦藩のもと辻番よ」

志賀一蔵が返した。

「ふざけるな。やっちまえ」

追いついていた配下たちを辰五郎がけしかけた。

「わああ」

「くたばれ」

逃げ道を塞がれた配下たちが、長脇差を振り回して志賀一蔵の両脇にいる小者へ襲いかかった。

「わっ」

「あわっ」

小者たちは戦った経験もない。泡を食っておたついた。

「くっ」

志賀一蔵が歯がみをした。

藩から連れてきている小者を死なせるのはもちろん、怪我《けが》させるのもまずい。それはすべて弦ノ丞の責任に帰してしまう。

「しゃっ、やあ」

襲いかかって来た辰五郎の配下たちの長脇差をなんとか志賀一蔵が弾いた。

「下がれっ」

志賀一蔵が小者を下げ、あらためて辰五郎たちに向かい合ったとき、すでに辰五郎の姿はなかった。

「逃がしたか」

志賀一蔵が臍《ほぞ》を噛んだ。

「親分がいねえ」

「なんだとっ」

志賀一蔵の言葉に配下たちもうろたえた。

「せめて、おまえたちだけでも捕らえる」

腹立たしさを志賀一蔵は配下たちにぶつけた。

「ぎゃっ」

「ひやああ」

気絶するほど脇腹に鞘ごとの太刀を食らった配下が苦鳴をあげ、返す太刀の鐺《こじり》で臑《すね》を打たれたもう一人の配下が転んだ。

「地の利を知らぬのは痛いな。追うに追えぬ」

二人の配下を小者たちに押さえさせながら、志賀一蔵が呟いた。

「志賀」

稲生と辰五郎が逃げた上流とは反対、下流側から弦ノ丞が走ってきた。

「吾はここに、田中どのは、あちらに」

太刀を腰に戻しながら、志賀一蔵が応じた。

「終わったのか」

「はい」

問うた弦ノ丞に志賀一蔵がうなずいた。

「間に合わなかったか……」

弦ノ丞がため息を吐いた。

第四章　奉行と代官

一

二日後の昼八つ（午後二時）という目通りの予定は、大きくずれた。弦ノ丞はそのまま奉行所に同行させられた。

「馬場三郎左衛門である」

「松浦肥前守家来、斎弦ノ丞にございまする」

上座で見下ろす長崎奉行馬場利重に、弦ノ丞は平伏した。

「奉行所の者どもが世話になったそうじゃな」

「要らぬ手出しであったかと恐縮いたしておりまする」

馬場利重の言葉に、弦ノ丞が謙遜した。

「ふむ」

弦ノ丞の答えに、馬場利重が鼻を鳴らした。

「先ほど、百足屋辰五郎の居所を検《あらた》めさせた」

「…………」

「もぬけの殻であったそうじゃ」

黙って聞いた弦ノ丞に馬場利重が告げた。

「逃げられたのは残念であったが、さしたる被害がなかったことが幸いじゃ。火事はよろしくない。長崎は周囲が山じゃ。町屋に火が入れば、山から吹き下ろす風に煽《あお》られて、大事になる」

馬場利重が安堵《あんど》の息を漏らした。

「火付けの者どもを殺されてしまったのは痛いが、背後にいた者が百足屋辰五郎だと知れただけましじゃ。いつ死のうが、火付けは死罪になる。斬られて死んだか、火あぶりになって死ぬかだけの差じゃ」

「…………」

猪作と華吉を殺されてしまった佐賀野弥兵衛門たちの失策を咎《とが》めないと、暗に馬場利重は宣した。

「ご苦労であった」

これ以上そのことには触れるなという意味をこめて、馬場利重が弦ノ丞をねぎらった。

「畏《おそ》れ多いことでございまする」

旗本のなかでも高位の長崎奉行が相手とあれば、忖度《そんたく》するのが陪臣《ばいしん》として正しい選択になる。

弦ノ丞はねぎらいに対して、礼を返すだけにした。

「……ふむ」

馬場利重がおもしろそうな顔で弦ノ丞を見つめた。

「そなた、国元の者ではないの。訛《なまり》がない」

「先日まで江戸に詰めておりました」

問われた弦ノ丞が答えた。

「ほう、江戸詰めが国元へ。何役を務めていた」

「辻番《つじばん》の頭《かしら》をいたしておりましてございまする」

重ねて訊《き》かれた弦ノ丞が述べた。

「松浦の辻番……二年前松倉と寺沢が江戸で争ったおりに聞いたぞ」

己も天草の乱に出向いただけでなく、長崎奉行という重役を任される切れ者の馬場利重が、江戸での騒動を知らないはずはなかった。

「ご存じであらせられまするか」

「随分と働いたそうじゃの。なるほど、その功績をもっての国元か。今は何役をいたしておる」

馬場利重が弦ノ丞に一層の興味を持った。

「まだ国元へ戻ったばかりで、正式な役目を与えられてはおりませぬが、今回の助役の準備についての調べを任されておりまする」

「何人で参った」

「士分三名、小者四名でございまする」

訊かれた弦ノ丞が応じた。

「そなた以外の二人も刀術を能《よ》くすると佐賀野弥兵衛門が申しておった」

「はい。やはり江戸で辻番をいたしておりました者でございまする」

「なるほど……」

うなずいた馬場利重が少し考えた。

「……黒田も鍋島も海上をしっかりと見ておる。今更、船を出させても出番はないか。松浦はもと水軍衆であったというが……」

弦ノ丞たちの手柄に気を遣ってか、馬場利重は松浦を海賊ではなく水軍と言った。

「湊だけでなく長崎の町中を守る者も要りようだとは思っておった。辻番か、ちょうどよいの」

馬場利重が手を打った。

「斎とやら」

「はっ」

呼びかけられた弦ノ丞が姿勢を正した。

「長崎奉行所は、出島の管理と九州の諸大名を監視するので手一杯でな。なかなか町中のことまでは手が及ばぬ」

「…………」

九州の諸大名のなかに当然松浦家は入っており、さらに松平伊豆守に目を付けられている。弦ノ丞が緊張した。

「長崎の辻番とは申さぬ。三人くらいではとても足りぬでな」

「国元へ増援を求めましょうや」

「たわけっ」

気を利かせたつもりの弦ノ丞に馬場利重が怒った。

「長崎奉行所に人手がないと公言する気か」

「申しわけございませぬ」

叱られた弦ノ丞が謝罪した。

「よいか、この話はあくまでも松浦藩ではなく、そなたたちの厚意である。そう、昨夜から昼にかけて、そなたたちがした奉行所の手伝いの続きである」

正式に長崎奉行から松浦藩への依頼ではないと馬場利重が語った。

「お手伝いをいたせばよろしいのでございまするか」

「そうじゃ」

確かめた弦ノ丞に馬場利重が首肯した。

「まさか、断る気ではなかろうな」

長崎奉行は、長崎における権力の第一人者である。長崎警固役の大名たちも、長崎奉行の指図を受ける。幕府から睨《にら》まれたことで、平戸のオランダ商館を取りあげられた松浦藩にしてみれば、長崎奉行のご機嫌を取るのは重要な役目であった。

「いえ。たいへん名誉なことだと感動いたしておりまする」

弦ノ丞が首を横に振った。

「であろう」

馬場利重が鷹揚《おうよう》にうなずいた。

「ところでお奉行さま」

「なんじゃ」

目下から問いかけをするときは、まずその許しを得るのが礼儀である。

弦ノ丞の求めに馬場利重が許可を出した。

「わたくしどもは、三名で参っておりまする。長崎の町のどのあたりの辻番をおこなえば、奉行所の方々のお邪魔にならぬのかを、お教えいただきたく」

へりくだって弦ノ丞が尋ねた。

「三名の。それでは長崎全部をとはいえぬか」

馬場利重が無茶を引っこめた。

「寺町に逗留《とうりゅう》しているのであったな」

「はい。三宝寺で宿を借りておりまする」

確かめるように訊いた馬場利重に、弦ノ丞が首を縦に振った。

「あのあたりは、長崎代官末次平蔵《すえつぐへいぞう》の支配地である」

「それはっ」

意外な言葉に弦ノ丞が驚いた。

長崎は内町、外町の二つに分かれており、長崎奉行が支配するのは旧大村藩が所持していた島原町《しまばらまち》、大村町《おおむらまち》などの六町に本博多町などを加えた二十三町になり、それ以外の五十町ほどは長崎代官の担当であった。

「では、先日の盗賊をお奉行所へ引き渡そうとしたのは……」

「管轄違いではある」

あわてた弦ノ丞に、馬場利重が告げた。

「知らぬこととはいえ、申しわけないことをいたしましてございまする」

役人は己の管轄するところへ、他人《ひと》の手が入るのを嫌う。弦ノ丞が深く腰を折って謝罪した。

「いや、よい」

馬場利重が手を振った。

「………………」

「長崎代官といったところで、地の者であり、旗本ではない。豊臣秀吉公のころに設けられたものといわれ、本来は交易のころしか長崎に来ぬ奉行の留守を護《まも》り、年貢などを徴収するだけの者であった。それが出自さえあきらかでない村山某《なにがし》という商人が、豊臣秀吉公に地子銭《じしせん》を納めることで、御免地以外の場所を任された」

「御免地でございますか」

「わかりにくいか。御免地とは、豊臣家の蔵入り地であり、地子銭を免除されたところ。それが内町じゃな。もちろん、当時よりも内町は拡大しておる。もっとも御免地以外の外町はもっと拡《ひろ》がっておるが」

首をかしげた弦ノ丞に馬場利重が言った。

「長崎代官は納める地子銭と徴収した年貢の差額で活計を立てた。ならば、外町が拡がれば拡がるほど金にはなる！」

嫌そうな顔で馬場利重が続けた。

「とはいえ、そんなもの、鼻にも引っかけぬわ。なぜならば、長崎代官は交易を認められていた」

「交易を……」

「そうよ。ゆえに村山の身代はとてつもないほどあったらしい」

目を剝《む》いた弦ノ丞に馬場利重が続けた。

「その村山は豊臣家から徳川家へと長崎の支配が移った関ケ原の後も、神君家康さまにお目通りを願い、従来どおりの地位を認められた」

「先ほど、長崎代官は末次平蔵さまだと仰せになられましたが」

ふと弦ノ丞が疑問を持った。

「村山某は、大坂の陣で豊臣に通じたうえ、隠れ切支丹《キリシタン》であるとの訴人《そにん》を受け、江戸で斬首、一族郎党も長崎で死罪に処せられた」

「……………」

族滅は、謀叛人《むほんにん》に与えられる厳しい罪である。弦ノ丞が沈黙した。

「ちなみに、訴人したのは先代の末次平蔵じゃ」

「な、なんと」

弦ノ丞が絶句した。

「村山を訴人して、その後釜に末次が座った。もっとも先代の末次平蔵は、江戸で獄死している」

「江戸で……やはり切支丹であったとか」

「そなたは知らぬようじゃの」

怪訝《けげん》な顔をした弦ノ丞に、意地悪そうな顔を馬場利重が見せた。

「…………」

「松浦藩とかかわりがあるのだぞ、先代の末次平蔵は」

「……吾《わ》が家と長崎代官さまが」

ますます弦ノ丞が戸惑った。

「知らぬと申すのもおもしろいの」

馬場利重が笑った。

「是非お教えを」

「訊け、家中の者に」

頼んだ弦ノ丞を馬場利重が冷たくあしらった。

「どこを辻番させるかだが、内町と外町の境目がよかろう。地獄川の東、外町にあたる本紺屋町《もとこうやまち》を任せる」

「外町を……それは長崎代官さまの」

「命じたぞ」

抗議というか、質問をしようとした弦ノ丞を馬場利重が制した。

「長崎警固については、余の考え次第じゃというのを忘れるな」

釘《くぎ》を刺して、馬場利重が弦ノ丞に出ていけと手を振った。

二

長崎奉行との面談を終えた弦ノ丞は、難しい表情のまま、三宝寺へと帰ってきた。

本堂前で剣術の型を繰り返していた田中正太郎が、弦ノ丞に気づいて声をかけた。

「お戻りか」

「お疲れさまでござる」

本堂の奥にいた志賀一蔵も出てきた。

「いかがでござった」

「なかで話そう」

首尾を訊いた田中正太郎に弦ノ丞が言った。

「白湯《さゆ》をくれ」

奉行所では陪臣に湯茶は出してくれない。会談の内容のせいもあり、弦ノ丞は喉がひりつくくらいに渇いていた。

「拙者が」

小者を遠ざけていたため、志賀一蔵が庫裏《くり》へ白湯をもらいに行ってくれた。

「かたじけなし」

配下とはいえ、士分の、それも歳上《としうえ》の志賀一蔵を使ったことを、弦ノ丞は謝した。

「お気になさらず。拙者も飲みたいと思っておりましたので」

志賀一蔵が気にしないでくれと手を振った。

「……ふう」

湯飲みの白湯を一気に呷《あお》って、弦ノ丞が息を吐《つ》いた。

「なにがござった」

それを待っていた田中正太郎が口調を堅くした。

「焦られるな、田中どの」

志賀一蔵が田中正太郎を宥《なだ》めた。

二人とも弦ノ丞の様子から、あまりいい状況ではないと感じていた。

「貴殿らは長崎代官の末次平蔵さまを存じおるか」

「末次さま……いや」

「拙者も存じませぬ」

田中正太郎と志賀一蔵が首を横に振った。

「馬場さまから、松浦藩とかかわりがありと言われた」

「それは、調べねばなりませぬな」

「誰かを国元へ行かせましょう」

弦ノ丞の言葉に、田中正太郎と志賀一蔵が顔を見合わせた。

「国元と連絡を取ることは禁じられた」

「なっ」

「馬鹿なっ」

ため息を吐いた弦ノ丞に二人が唖然《あぜん》とした。

「馬場さまは、我らを松浦藩の者としてではなく、手の者としてお使いになられたいようだ」

「松浦の家中ではなく、私兵として」

弦ノ丞の話に田中正太郎が眉間にしわを寄せた。

「黒田や鍋島のように、指図は受けるが、最終は藩の指示に従う者はご不要らしい」

小さく弦ノ丞が首を横に振った。

「奉行の配下になる。しかし、それはよろしくない」

田中正太郎が松浦藩の立場が悪くなると否定した。

「断れるか」

「それは……」

弦ノ丞に見つめられた田中正太郎が詰まった。

「松浦藩は松平伊豆守さまに睨まれている。もし、馬場さまの命を拒んで、なにかしらの報復を受けたら……」

「…………」

田中正太郎が黙った。

「我らが腹を斬ったていどではすみませぬな」

志賀一蔵が嘆息した。

「とはいえ、黙って言いなりになるわけにもいかぬ。それこそ、我らがすり潰されることもあり得る」

弦ノ丞が警戒すべきだと口にした。

「幕臣にとって、我らなど犬馬……」

田中正太郎が苦い顔をした。

関ケ原で勝利を収めて以来、徳川家康は天下人として振るまい、譜代の家臣たちも肩で風を切るようになった。

江戸屋敷に詰めていた者は、旗本たちの傲慢《ごうまん》さに何度も泣かされてきた。

「そこをどけっ」

先に来ていたとか、あらかじめ席を取っていたとか、そんなものは気にしない。それこそどこであろうが、犬のように外様大名家の者は追い払われる。

「天下の旗本たる我らに、馬上乗りうちをかけるとは無礼千万、引きずり降ろしてくれるわ」

ちゃんと礼儀として馬の鐙《あぶみ》から両足を外し、挨拶をしているにもかかわらず、早馬の邪魔をする。

とくに辻番はこの手の苦情をよく喰《く》らった。

「誰に向かって問うておる」

夜中、酔って上屋敷の前を通る者を誰何《すいか》するのは、辻番の役目である。

「儂《わし》の顔を知らぬのか。天下の旗本ぞ」

誰何した途端に大声で絡んでくる。

「それは存じあげず、ご無礼をいたしました」

詫《わ》びたところですむはずもなく、

「家老を出せ、いや、藩主を出せ。旗本を胡乱《うろん》な者として扱ったのだ。謝罪をさせろ」

旗本が無茶を言い出す。

「それはできませぬ。どうぞ、お許しを」

「それで謝っているつもりか、誠意を見せろ」

深々と頭を下げた辻番に、旗本はいつも嵩《かさ》にかかってくる。

とはいえ、金を要求しているわけではなかった。もし、金をもらいでもしたら、今度は己がまずい立場になる。

辻番は幕府の命で設けさせた者で、任にある間は幕臣格として扱われる。それを脅して金をせしめたと目付《めつけ》に訴え出られれば、家は潰れ、己は切腹になる。

もちろん、家老、まして藩主を呼び出すつもりもない。もし、藩主が出てきたら名乗らないわけにはいかなくなり、名前を知られればそこから報復されることもあるのだ。

「某どのという御仁が……」

城中で名前を出されたら、目付の耳に入るかも知れないし、なによりも大名は外様であっても、老中や若年寄などの要職とつきあいがある。一言愚痴を漏らされただけで、己は終わる。

そのあたりをわかった上での難癖であった。

とはいえ、詫びをしないと騒ぎ続けて近隣に聞こえてしまう。これは大名家の名前にも響く。

「そのくらい収めることもできないようでは、辻番などとてもとても。何々殿も不幸なことよな、役に立たぬ家臣ばかりで」

主君の悪口に繋《つな》がっては、家臣としてやっていけなくなる。

「どうぞ、これで、ご勘弁願いたい」

結果、辻番は土下座することになった。

「吾《わ》が顔を忘れるな」

それでも怒りが収まらないのか、土下座した辻番の頭を踏む者もいた。

江戸で辻番をやっていた三人は、旗本には外様の藩士は人扱いされないと身に染みて知っていた。

「小者を一人、入れ替えましょう」

もっとも歳嵩の志賀一蔵が口を開いた。

「旅路で体調を崩し、養生させていたが回復しないため、国元へ帰し、代わりの者を呼び寄せる。これならば、国元へ助けを求めたことにはなりますまい」

「なるほど」

「妙案じゃ」

弦ノ丞と田中正太郎が感心した。

身体《からだ》を壊した者を帰すのは、人として当たり前のことである。さすがにそれまで止めるわけにはいかない。

「それにお奉行さまは、士分以下の者のことなど、気にもなさるまい」

実際に会った感触から、弦ノ丞は馬場利重の気位がかなり高いと見ていた。

「船を使いましょう」

体調の悪い者に山越えをさせるのは違和感を生じる。志賀一蔵が船を使うべきだと主張した。

「うまく平戸へ行く船があればよいが……」

「あっても載せてもらえるかどうか」

弦ノ丞の悩みに、田中正太郎が追い討ちをかけた。

船というのは、荷を運ぶためにある。もちろん、人も荷物として考えればよく、渡し船などはその典型であった。しかし、長崎から出入りする船は、ものを運ぶのが仕事であった。明やオランダから運ばれてきた商品を大坂や博多へ運んで売りさばき、巨利を得る。そのために船をわざわざ長崎へ持ってきているのだ。人一人載せるくらいならば、まだ砂糖を積んだほうが金になる。

人を十二貫（約四十五キログラム）として、平戸までの運賃は取れたところで、一両は難しい。だが、同じだけの砂糖を仕入れ、博多、大坂で売りさばけば、その儲《もう》けは数十両をこえる。

「平戸に和蘭陀商館があったならば……」

松浦藩との縁は、十両や二十両で買えるほど安いものではなく、今回の移送でも求めれば、長崎中の船が名乗り出ただろう。

だが、それも過去の栄光であった。

「大久保屋を使いまするか」

田中正太郎が弦ノ丞を見た。

「借りを作ることになりまするが……」

「御家老さまから、気をつけるようにとは言われているが、急ぎ事情を知りたいところではある」

言いにくそうに案じた田中正太郎に、弦ノ丞は苦吟した。

「ときもない」

いつから辻番を始めろと言われてはいないが、ぐずぐずしていたら叱責を受けるのは確かである。

「大久保屋を使おう。作った借りは我らで返せばいい」

弦ノ丞が決断した。


大久保屋は長崎でいえば、新規参入組になる。交易に便のいい出島近くでは店を構えられず、長崎街道へ繋がる、海とは離れた馬町《うままち》で開業していた。

「邪魔をいたす」

弦ノ丞が、夕刻大久保屋を訪れた。

「へえ、どちらさまで」

手代らしい若い奉公人が応対に出てきた。

「拙者、平戸松浦家の家中、斎と申す者。大久保屋どのはおられるか」

弦ノ丞が問うた。

「平戸さまの……しばし、お待ちを」

あわてて手代が奥へと入り、まもなく戻ってきた。

「どうぞ、こちらへ」

手代が弦ノ丞を客間へと案内した。

「主《あるじ》、まもなく参りまする。暫時お待ちをくださいませ」

手代が引っこむと、入れ替わりのように大久保屋が顔を出した。

「これは、斎さま。お呼びくだされば、わたくしが参りましたものを」

大久保屋が恐縮して見せた。

「不意にすまぬ。頼みがあって参った」

世間話をして、用件を言いやすくするなどという話術は弦ノ丞にはない。前置きもなしで弦ノ丞が用件に入った。

「なんでもおっしゃってくださいまし。わたくしにできないことなれば、どなたかを紹介いたしましょうほどに」

大久保屋がすぐに応じた。

「じつは、平戸から連れてきた小者が体調を崩し、国元へ帰してやりたいのだが、街道筋となるとかなりの無理をさせねばならぬ……」

「船を平戸へ出せばよろしいのでございますな。喜んで用意をいたしまする」

最後まで弦ノ丞に言わせることなく、大久保屋が引き受けた。

「よいのか……」

あっさりと言われた弦ノ丞が戸惑った。

「もちろんでございますとも。今までわたくしの店が松浦さまに蒙《こうむ》ったご恩に比べれば、万分の一にも及びませぬが」

大久保屋が大したことではないと、手を振った。

「助かる」

弦ノ丞が頭を下げた。

「とんでもないことで。どうぞ、お顔をあげてください」

手を振って大久保屋が弦ノ丞に告げた。

「船の用意をさせましょう。できましたら、お報《しら》せにあがりまする」

「頼む」

大久保屋の言葉に、弦ノ丞はもう一度礼を言って店を出た。

首尾を果たした弦ノ丞は、三宝寺へ向かって内町を貫きながら、背後に付けてくる気配を感じていた。

「……誰だ。馬場さまか、松平伊豆守さまの手か、奉行所の者か、それとも先日襲いかかって来た者の残党か、あるいは……」

弦ノ丞はその正体に思いあたる相手が多すぎて、困惑した。

「まあいい。誰でも同じだ。襲い来るならば応じるだけ」

数えきれないくらいの戦いを経験している。弦ノ丞は肚《はら》を据えた。

「戻った」

「お疲れさまでござる」

山門を潜《くぐ》った弦ノ丞を田中正太郎が待っていた。

「ご首尾は」

「上々であった」

「それはなにより」

本堂へ向かって歩きながら、田中正太郎の質問に答えていた弦ノ丞が、声を潜めた。

「大久保屋を出たところから、付けられておる」

「……承知」

小声で応じた田中正太郎が、すっと弦ノ丞から離れ、山門の脇へと身を隠した。

「あれか……」

開かれた山門と門柱のわずかな隙間から外を覗《のぞ》いた田中正太郎が、三宝寺の方を窺《うかが》っている人影を見つけた。

「身形《みなり》は武家のようだが……」

田中正太郎が呟《つぶや》いた。

「……帰っていく。ならば……」

逆にどこへ帰るのかを見届けようとした田中正太郎はあわてて門の陰に隠れた。

武家らしい男が、不意に振り向いたのだ。

「…………」

人は振り向く前に、肩が動く。田中正太郎はじっと相手の背中を見つめていたことで、それに気づけた。

「まずいな」

橋の上や、真《ま》っ直《す》ぐな道などで不意に振り返られると、避けようがない。田中正太郎は相手の顔を覚えるだけに止《とど》めて、後を追うのをあきらめた。

三

長崎奉行馬場利重は、日々増えていく書付に苦労していた。

「まったく、商いの手伝いを奉行所に求めてどうする。和蘭陀通詞を紹介する役所を作れとは情けない。それくらい探し出せてこその商人であろうが」

馬場利重が嘆願書を引き裂いて、火鉢で燃やした。

「殿、書付を焼くのはお止《や》めくだされとお願いしたはずでございますが」

襖《ふすま》を開けて、煙を逃がしながら、入ってきた用人が苦情を口にした。

「左内《さない》か。腹立たしい書付は燃やすのが、一番いい」

八つ当たりの相手にしているのだと馬場利重が反論した。

「襖が煤《すす》けてしまいまする」

奉行所は幕府のもので、馬場利重が勝手にどうこうするわけにはいかない。それこそ、襖一枚を張り替えるのも、幕府の費用になるのだ。あまり頻繁に襖紙を替えていたら、勘定奉行から指摘されることにもなりかねない。

用人の左内がため息を吐いた。

「ならば、くだらぬ書付を、余に見せるな。まったく、商人どもは金儲けしか考えておらぬ。あやつらは、御上《おかみ》さえ商いの道具だと思っておるに違いない」

馬場利重が吐き捨てるように言った。

「それには同意いたしまするが、なにぶんにも殿のもとへ届けられる書付は、奉行所の支配調役が選んでおります。わたくしでは手出しができませぬ」

左内が首を横に振った。

用人は、長崎奉行所へ介入する権利を持っていなかった。

「茶を淹《い》れてくれ」

書付の処理に疲れた馬場利重が左内に申しつけた。

「はっ」

「…………」

首肯した左内に合わせるように、奉行執務室に控えていた長崎奉行所支配下役が、一礼して席を外した。

「できるの」

一々他人払いを命じずともすむのは便利であった。

なかには、気づかぬ振りで居座って、馬場利重と左内の間で交わされる話を聞こうとする者もいるのだ。

「西浦さまでございますか」

茶を淹れながら、左内が支配下役の名前を出した。

「そんな名前であったたな。覚えておこう」

馬場利重がうなずいた。

「お待たせをいたしましてございまする」

左内が茶碗《ちゃわん》を馬場利重の前に置いた。

「うむ」

満足そうに馬場利重が茶碗を手にして、茶を口に含んだ。

「南蛮茶にも慣れたの。最初は馬の小便かと思うたが、渋みが残るとはいえ、なかなかうまい」

「で、どうであった」

馬場利重がほっと息を吐いた。

馬場利重が左内を促した。

「平戸藩の者に付けていた者が戻って参りました」

左内が報告を始めた。

「……大久保屋だと」

「長く平戸で到来物を扱っていた者でございまする」

「和蘭陀商館とともに長崎へ移ってきた口か」

「はい」

馬場利重の確認に、左内が首を縦に振った。

「であれば、平戸の者たちと面識があっても不思議ではないの」

残っている茶を揺らすように、馬場利重が茶碗を動かし、もてあそんだ。

「いかがいたしましょう」

「そうよな、平戸の者がどうするかを見たかった……末次のもとへ行くかと思ったのだが……」

　このまま見張りを続けるのか、それとも終わらせるのかを問うた左内に、馬場利重が悩んだ。

「大久保屋はどうにかなるか」

「いささか厳しくはございますが」

　主君の問いに、左内が難しい顔をした。

「黒田や鍋島は、なかなかに難しい。御上とのかかわりもあり、余の思うようには使えぬ」

　どちらも一国を支配する大大名である。とくに黒田は、関ケ原の合戦で豊臣恩顧の大名たちを家康側に引き入れた功績があり、幕府も気を遣っている。鍋島はそういった事情はないが、もともと長崎の支配を任されていたという自負を持つ。

「支配をしているといったところで、長崎奉行所に兵力はない」

　長崎奉行所には交易事務にかかわる役方がほとんどで、武を得意とする番方は同心など少数しかいなかった。

　もし、異国船が交易の再開を求めて、長崎へ来たとして、長崎奉行所だけでは対処できなかった。

「追い返すにしても、人手は要る。ましてや、相手が武力に訴えて参ったら……」

馬場利重が苦悩した。

天草の乱に参戦した馬場利重は、松平伊豆守の要請で海上から一揆《いっき》勢の籠もる原城《はら》へ、大砲を撃ちこんだオランダ船を見ている。

その砲撃で原城が陥落したわけではないが、左右を山に挟まれた長崎で同じように砲撃されたら、どれだけの被害が出るのか、馬場利重は怖《おそ》れていた。

「我らに、幕府に南蛮船を沈める武器はない」

大筒はある。それを船に積むこともできる。だが、それはとても軍艦とはいえないものであった。

慶長十四年（一六〇九）、幕府は西国外様大名から、水軍力を奪うため五百石積み以上の船を献上させた。

さらに寛永十二年（一六三五）、武家諸法度《ぶけしょはっと》に大船所有の禁止を盛りこんだ。結果、安《あ》宅船《たけぶね》を持っている大名はなくなり、大名たちは代替として関船《せきぶね》を改良したが、そもそも大筒を積むように考えられていない、というより大筒を積ませないために安宅船を禁止したのだ。

関船に大筒を積んだところで、その衝撃を吸収することはできなかった。それこそ、一発撃ったら、関船ごとひっくり返りかねない。そんな危ないものを使えるわけはなかった。

「南蛮船を沈めるだけの武器がないならば、戦術で対抗するしかない。大筒は船の横からしか撃てない。つまり、南蛮船の前と後ろから攻めれば、大筒は気にしなくてすむ」

小回りの利く小早《こばや》や小さめの関船で近づき、すばやく兵たちを乗りこませ、刀や槍《やり》で南蛮船を制圧する。もちろん、相手も抵抗してくるし、なにより南蛮船の舷側《ふなべり》は高く、小早や関船から乗りこむには、縄をかけて登ることになる。

「かといって、のんびり縄をかけて攻めこんでいては、縄を切られたり、上から鉄炮《てっぽう》を撃ちかけられたりして、大きな被害を受ける。そうならないようにするには、相手が対処できないほど多方向から乗りこみをかけるしかない。そうなれば、数が要る。その数が長崎奉行所にはなく、黒田や鍋島に頼る。あやつらもそれがわかっているゆえに、辻番のような些末《さまつ》なことを嫌がる」

「それを松浦藩にさせると」

「ああ」

「それでは、松浦藩に警固の副役はさせぬと」

うなずいた馬場利重に左内が問うた。

「いいや、させる」

「それでは松浦は二重の負担となりますが……」

あっさりと告げた主君に左内が驚いた。

「それがどうした。聞けば、松浦は和蘭陀商館を領内に持っていたお陰で、表高の数倍からの収入があったというではないか。身に過ぎた果報はよくあるまい。身代に相応となるまで、御上に尽くす。これこそ忠義」

「…………」

笑う馬場利重に、左内が無言で頭《こうべ》を垂れた。

「それに松浦を使えば、長崎代官も動こう」

「末次平蔵さまを……」

より笑みを深くした馬場利重に、左内が小さく震えた。

「たかが地役人が、長崎奉行よりも力を持っているなど、許せることではない。長崎代官は、長崎奉行の支配を受け、その指図通りに動くべきなのだ」

馬場利重は一挙両得を狙っていた。


長崎から平戸までは、船なら一日かからなかった。

「斎からの指図を受けた者が、帰国しただと」

御用部屋で執務をしていた国家老熊沢作右衛門が、怪訝そうな顔をした。

「なにかもめごとでもあったのか。まあ、よい。ここへ呼べ」

小者を御用部屋のある御殿に上げるなど普段ならばあり得ないが、長崎へ出したばかりの弦ノ丞が送り出したとなれば、よほどのことがあったはずである。それを誰が通るかもわからない御殿の玄関脇で聞くなど論外であった。

「畏れ多いことでございまする」

御用部屋の廊下で小者が平蜘蛛《ひらぐも》のように這《は》いつくばった。

「国家老熊沢作右衛門である。斎からの用件とはなんだ」

「これを」

小者が懐から油紙で厳重に包まれた書状を取り出し、頭上に掲げた。

「おい」

「はっ」

御用部屋で熊沢作右衛門の手伝いをしている右筆《ゆうひつ》が、小者に近づいて書状を取りあげた。

「しばしお待ちを」

右筆が油紙をていねいに解《ほど》き、なかに入っていた書状を取り出した。

「まちがいございませぬ。斎の名前がございまする」

書状を検めた右筆が、熊沢作右衛門へと手渡した。

「うむ」

熊沢作右衛門が書状に目を通した。

「……そこを突いてきたか、さすがは馬場さまよな。だてに長崎奉行を任されてはおられぬ」

読み終わった熊沢作右衛門が苦笑した。

「長崎辻番か……これは引き受けざるを得ぬな。どのくらい金がかかるかだが……杉浦」

「はっ」

やはり執務の補助をするため御用部屋に詰めている勘定方を熊沢作右衛門が呼んだ。

「ざっとでよい。長崎に藩士六名ほどを詰めさせ、辻番をさせた場合、どのくらいの費用がかかる」

「ただちに」

訊かれた勘定方の杉浦が、算盤《そろばん》を取り出した。

「辻番に役手当は」

「付けぬ。江戸の辻番にも出していないのだ。こちらだけ手当をというわけにはいかぬ」

「では、本禄務《ほんろく》めで」

「ううむ。それはあまりに酷かの」

確認した杉浦に、熊沢作右衛門が悩んだ。

辻番は、当番、夜番、非番の三交代でなされるのが普通である。六人では、仮眠するわけにもいかない。

「長崎滞在中の弁当を藩が支給するくらいはしてやらねばならぬか。長崎では小者も女中も十分ではないしの。江戸の辻番は、藩邸だからな。衣食住は自前だが、余計な費えは要らぬ」

弁当とは、この場合食事すべてを意味している。朝昼晩の食料費を藩が支給することで、手当とする。そう、熊沢作右衛門は考えた。

「でしたら……」

すばやく杉浦が算盤を弾《はじ》いた。

「六人の辻番を配するとして、おおよそ年間十石ほど要りようになるかと」

「十石か……それくらいならばいたしかたないな」

熊沢作右衛門がうなずいた。

「長崎奉行馬場利重さまからのご要望には応じるといたそう」

藩として長崎辻番御用を受けると、熊沢作右衛門が決断した。

「問題は……」

熊沢作右衛門がもう一度書状に目を落とした。

「末次平蔵さまのことだ」

「長崎代官の」

藩の記録を預かる右筆が、すぐに応じた。

「そうだ。そなたはたいおわんの一件を存じおるな」

「記録で拝見仕《つかまつ》りましてございまする」

確認された右筆が答えた。

たいおわんとは、台湾のオランダ読みになる。

明国政府から無主の島だと言質《げんち》を取ったオランダが寛永元年（一六二四）台湾を占領、出入りする他国の船の積み荷、その一割を税として取ることにした。

明の商人はこれに従ったが、日本の商人たちはこれを拒否、オランダ政府は台湾行政府長官に任命したピーテル・ノイツを江戸へ派遣し、三代将軍家光に拝謁を求め、台湾の所有権の承認をもくろんだ。

台湾をオランダ領だと家光が認めてしまうと、交易のたびに一割の税を納めなければならなくなる。

これを嫌がった末次平蔵を中心とする長崎商人たちは、オランダが家光に送った刺客だとの噂《うわさ》を流してピーテル・ノイツと家光の会談を阻止した。

家光に会うこともできず、台湾へ虚《むな》しく戻らざるを得なくなったピーテル・ノイツは、末次平蔵を恨み、ちょうど台湾へ来ていた末次平蔵の配下浜田弥兵衛《はまだやへえ》を追放して、船の武器を没収しようとした。

ここで浜田弥兵衛が暴挙に出た。浜田弥兵衛は処分の取り消しをピーテル・ノイツに求めたが、拒否されたことに怒り、なんとピーテル・ノイツを捕らえ、人質にして長崎へと帰ってしまった。

配下の浜田弥兵衛からピーテル・ノイツを始めとするオランダ人人質を受け取った末次平蔵は、一同を牢《ろう》に放りこんだ。

あわててオランダ東インド会社総督は人質解放のための使者を、平戸へと出した。

「将軍さまへ目通りを」

使者は家光に、直接人質の解放と紛争の解決を求めようとした。

「ここで当家がかかわってまいりまする。先代肥前守さまが……」

右筆の表情が曇った。

オランダとの紛争を幕府に知られると、平戸のオランダ交易がどうなるかわからないと危惧した前藩主松浦肥前守隆信《たかのぶ》は末次平蔵と手を組み、将軍家光の偽書を作成した。

「台湾における和蘭陀の拠点熱蘭遮《ゼーランディア》城を明け渡せば、日本から葡萄牙を追放し、すべての交易は和蘭陀に預ける」

偽書を受け取った使者が東インド会社総督のいるマカオに戻ったところ、前総督の病死によって就任した新総督が、もとの平戸商館長であったことから、返書が偽物だと露見した。ただちに新総督は、使者をふたたび派遣、日本に抗議した。

「結果、先代さまは江戸から放逐され……」

「言葉を慎め。放逐ではない。十年振りのご帰国をなされたのだ」

そのまま口にした右筆を、熊沢作右衛門が叱った。家光に気に入られ、江戸に留め置かれていた松浦隆信だったが、その寵愛《ちょうあい》を失なった。

「申しわけありませぬ」

大きく頭を下げ、右筆が謝罪した。

「あらためて東印度《インド》会社総督からの使者が来たことで、末次平蔵さまは江戸へ収監され、先代さまは江戸詰を解かれ、国元にお戻りになられました」

右筆が話し終えた。

「そうか。藩の記録はそこまでか」

熊沢作右衛門があきれた。

「まだ、なにかございましたか」

記憶力が優れていなければ、前例の調査も担当する右筆は務まらない。

悔しそうな顔をする右筆に熊沢作右衛門が告げた。

「江戸へ収監された末次平蔵さまは、翌年、獄中で死亡した」

「牢死でございますか」

熊沢作右衛門が口にした後日談を、右筆はあっさりと受け止めた。

劣悪な状況の牢獄で、連日拷問を受ける。牢に繋がれた罪人の多くは、刑が決まる前に衰弱して死んでいく。末次平蔵が牢死したことはさほど珍しいことではないと右筆は首をかしげた。

「末次平蔵さまが江戸で亡くなる前に、長崎で噂が出た」

「長崎で噂が……」

「たいおわんの一件で日本と和蘭陀の間にひびが入るのではないかと危惧した和蘭陀商館の者に、長崎奉行所の通詞がこう述べたそうだ。ご懸念なく、末次平蔵はまもなく死ぬと」

戸惑う右筆に、熊沢作右衛門が言った。

四

長崎に入る船は、すべて当番の長崎警固役によって検められ、要りようとされれば長崎奉行所の役人が出向いて調べる。

「陸路で参れ」

体調悪化として帰国した形の小者を、もう一度長崎へ送り出すのは難しい。

「庇護《ひご》いたせ」

藩士三人に守られるようにして、新しい小者が熊沢作右衛門の書状を運んだ。

道中警固の形を取ることで馬場利重との約束には反していないと言いわけしながら、この三人はそのまま長崎に残り、追加の辻番になる。

大久保屋に無理を頼んでから、わずか五日で追加の人員、質問の答えが弦ノ丞たちのところに届けられた。

「藩も本気のようでございますな」

志賀一蔵が、感心した。

「それだけ、面倒だということであろうな」

田中正太郎が嘆息した。

「…………」

追加人員を三宝寺の本堂で休ませ、弦ノ丞たちは人目をはばかって、山門脇で顚末《てんまつ》を記した書状を読んだ。

「むうう」

読み終えた弦ノ丞が、唸《うな》りながら書状を田中正太郎に渡した。

「……これは」

田中正太郎が驚愕《きょうがく》した。

「拙者にも……」

最後に書状を見た志賀一蔵が絶句した。

「長崎代官末次平蔵さまと松浦藩が、このようなことをしていたとは」

「しかし、これは真《まこと》なのでございましょうや」

衝撃を受けている弦ノ丞に、田中正太郎が首をかしげた。

「田中氏の言われる通りでござる。軽々に信じられませぬ」

志賀一蔵も田中正太郎に同意した。

「どこが疑わしいと」

弦ノ丞が二人に訊いた。

「将軍家の返書を偽造しておきながら、お咎めがないはずはございますまい」

名前は出さなかったが、前藩主肥前守隆信が江戸詰めを解かれて、国元へ帰されただけですんだのはおかしいと田中正太郎が代表して述べた。

「……たしかに」

言われた弦ノ丞がうなずいた。

「徳川家の天下はようやく三十年になろうかというところでございましょう。豊臣を滅ぼしてやっと二十年、まだあちこちに豊臣恩顧の大名が残っておりました。しかも天下人となった家康さまは亡くなられている。そんなときに将軍の名前を使った偽書が出た。これを見過ごせば……」

「御上の、幕府の権威が揺らぐか」

田中正太郎の言いぶんを弦ノ丞も認めた。

「それに……」

まだ田中正太郎は疑念があると続けた。

「さらにか」

弦ノ丞の腰が引けた。

「末次平蔵さまが、江戸で牢死したとありまする」

「あった」

「つまり、末次平蔵さまは罪を得たわけでござる。その末次平蔵さまの跡継ぎが、そのまま長崎代官を継承できるものでござろうか。たとえば、南蛮とのやりとりなど、末次家でなければできないことがあったとしても、同じ名前を継がせましょうか」

「それもそうだな」

今度も弦ノ丞は納得した。

家に付くという名前もある。たとえば、刀鍛冶《かたなかじ》などの名匠、能役者、功績が大きかった初代の名前を受け継ぐ武家などだ。しかし、これらもなにかあれば、その名前は途切れる。

「藩からの返答を疑うわけにもいかぬ」

長崎辻番の頭として、弦ノ丞は苦悩した。

「いかがでございましょう、御当代の長崎代官さまとお話をしては」

先代の末次平蔵の長男が、今や長崎代官末次平蔵である。父の死後長崎代官を受け継いでいるだけに、詳細を知っている可能性は高かった。

「真実を話してくださるかどうかは別だが、辻番をするにあたって長崎代官さまに話を通しておくべきでもあるな」

弦ノ丞が了承した。


長崎代官屋敷は、馬町の西南に隣接する勝山町《かつやままち》にあった。

「大きいな。二千坪はあるか」

追加人員のことを田中正太郎に預けた弦ノ丞は、翌日志賀一蔵を連れて訪れた長崎代官屋敷を見て息を呑《の》んだ。

「今日は会えずともよい。日にちを取ってもらえればな」

弦ノ丞は、長崎代官屋敷の門へと近づいた。

「どなたか」

門を警戒していた小者が弦ノ丞たちに気づき、手にした六尺棒で地面を叩《たた》いて誰何してきた。

「平戸松浦家の家来斎弦ノ丞と申しまする。これなるは同藩の志賀、お代官さまにお目通りをいただきたく参上いたしましてございまする」

「松浦家のご家中……そのような話は、伺っておらぬが」

名乗りを聞いた小者が、困惑した。

「このたび、長崎での勤番を命じられましたので、ご挨拶をと思い参りました。ご多用とは存じておりますゆえ、いつでも日時をご指定いただければ、出直しますので、お取り次ぎをお願いいたしまする」

相手は士分でない小者だが、幕府から長崎代官を命じられている末次平蔵の配下になる。弦ノ丞は腰を低くして頼んだ。

「さようならば、しばしお待ちあれ」

小者が代官所の奥へと引っこんだ。

「少し高台になるのか、港がよく見える」

弦ノ丞が目を海へと向けた。

「三宝寺よりも、海が正面になりますからの」

志賀一蔵も見とれていた。

「出島は小そうござるな」

「平戸の和蘭陀商館はもっと広かったと聞いた」

しみじみと言った志賀一蔵に、弦ノ丞が応じた。

「広かったというより、出入りが自在でございましたので、和蘭陀人どもが城下を闊歩《かつぽ》するのを何度も見ておりまする。それからいけば、出島から出られぬ今の境遇はいささか……」

代官所の前で、幕府のやりかたを非難するわけにはいかない。志賀一蔵が言葉の最後を濁して、首を横に振った。

「籠の鳥……」

弦ノ丞が呟いた。

「松浦家のご家中」

戻ってきた小者が、弦ノ丞たちに声をかけた。

「あまりときは取れませぬが、お目にかかると」

「なんと、お時間をくださるか。かたじけなし」

小者の返答に、弦ノ丞が喜んだ。

「どうぞ、屋敷の玄関に取次の者がお待ちしております」

「御免」

「…………」

弦ノ丞と志賀一蔵が、小者に軽く頭を下げ、表門を潜った。

玄関から案内された弦ノ丞と志賀一蔵は、調度品の見事さに声を失っていた。

「なんともはや……」

通された客間も珍品だらけであった。

「よろしいのかの、斎どの」

志賀一蔵が入室をためらった。

「段通でござろう、これは」

案内された客間には、畳の上に段通が敷き詰められていた。

「一尺（約三十センチメートル）四方で十両すると聞いておりまする」

「十両……」

すでに足を踏み入れていた弦ノ丞が金額を聞いて、跳び退《の》いた。

「ここに敷いてあるだけで……千両をこえる」

弦ノ丞もなかへ入れなくなった。

「そんなにはいたしませぬ」

客間の前で戸惑っている弦ノ丞に、笑いを含んだ声がかけられた。

「あっ」

「なんと」

あわてて弦ノ丞と志賀一蔵が振り向いた。

「長崎代官末次平左衛門《へいざえもん》でござる」

壮年の商人が名乗った。

「平左衛門さま……」

「ああ、平蔵というのは代々の名乗りでございましてな。わたくしは平左衛門と申しております。もちろん、平蔵でも平左衛門でも、どちらでお呼びいただいても結構でございますよ」

怪訝な顔をした弦ノ丞に、末次平蔵が告げた。

「斎どの」

志賀一蔵がそっと弦ノ丞の背中を指で突《つつ》いた。

「おっ……平戸藩松浦家の斎弦ノ丞と申しまする。これなるは同じく志賀一蔵にございまする」

相手が商人であろうとも、身分は幕府から任じられた長崎代官である。膝までは突かなかったが、弦ノ丞は深々と腰を折った。

「承りましてございまする。まあ、こんなところで立ち話はできませぬ。どうぞ、なかへ」

「……はあ」

促されても弦ノ丞はためらった。

「段通というのは、もともと波斯《ペルシア》あたりの敷きものでございまする。石造りの家が多いあちらは冷えるので、このような織物を床に敷くようになったとか」

「はあ」

「それに、あちらは家のなかでも履きものを脱ぎませぬ。つまり……」

曖昧な返答をした弦ノ丞に末次平蔵が続けた。

「土足で踏むわけで」

「……これを土足で……これほど精緻で美しい織物を」

弦ノ丞があらためて段通を見た。

いろいろな色が複雑な模様を形成している。これほど艶《あで》やかな織物を弦ノ丞は見たことがなかった。

「たしかに美しゅうございますな。かの豊臣秀吉公もこの段通をお気に召され、陣羽織に仕立てられたとか」

「それならば、わかりまする」

説明した末次平蔵に、弦ノ丞がうなずいた。

陣羽織は、その名の通り、陣中で鎧《よろい》の上から身につけるものである。雨よけ、寒さよけ、風よけなどのためとされているが、そのもっとも大事な役割は、大いに目立って、ここに大将ありと誇示することにあった。

「もっとも、段通は敷きものでございますから、踏まれてもそうそうへたらないよう分厚くできておりまして……重くてすぐに脱がれたとか」

「たしかに分厚そうでございますな」

段通をもう一度見て、弦ノ丞が納得した。

「ですので、ご遠慮なく」

「……では」

ふたたび促された弦ノ丞が、思いきった。

「先ほども思いましたが、雲を踏んでいるような」

恐る恐る弦ノ丞が段通に乗った。

「どうぞ、おかけなされて」

上座に腰を下ろしながらも、末次平蔵はていねいな口調であった。

「早速でございますが、お話を伺いたく」

「お忙しいところ、無理を願いました。お目通りをいただき感謝しております る」

急《せ》かした末次平蔵に、弦ノ丞は型どおりの謝辞を述べた。無駄な手間に見えるが、これも礼儀である。さっさと本題に入れと言われたからといって、挨拶を飛ばしては松浦の者は無礼であると非難されてしまう。

「ご存じかと存じまするが、このたび長崎警固の副役を命じるやも知れぬと御上よりのご諚《じょう》がございました。いざとなったときに戸惑っては、松浦の名折れ、御上への失態となりかねませぬ。それでどのようなことをいたせばよいのかを見聞いたしたく、わたくしを始めとした三名が当地へ派遣されましてございまする」

弦ノ丞が端緒から話し始めた。

「お奉行さまから、辻番を任せると言われたそうで」

話の続きを断ちきって、末次平蔵が口を出した。

「……うっ」

弦ノ丞が詰まった。

長崎奉行馬場利重と弦ノ丞、田中正太郎、志賀一蔵の長崎出向組、そして事情の報告を受けた平戸藩松浦家の重臣と追加で派遣された藩士たち、合わせて十人ほどしか知らないはずのことを末次平蔵が知っていた。

「お若いの」

末次平蔵が弦ノ丞の様子に笑いを浮かべた。

「聞くところによりますと、斎さまが長崎へ来られた松浦家の方々を取りまとめておられるとか」

「さようでございまする」

確かめた末次平蔵に、弦ノ丞が首肯した。

「わずか六名、小者を入れて十名ほどとはいえ、藩外での交渉ごとの責任を取られるのでござる。驚いても面《おもて》に出されるのは、いけませぬ」

末次平蔵が弦ノ丞を諭した。

「恥じ入りまする」

弦ノ丞が頭を垂れた。

「しかし、長崎辻番でございますか。さすがは馬場さまでございますな。お見事なお考えでございまする」

末次平蔵が感心した。

「…………」

「平戸が閉じ、南蛮との遣《や》り取《と》りは、長崎だけとなりましてございまする。この部屋の調度品を見ていただいてもわかるように、交易は儲かりまする。そうですなあ、そこの壺《つぼ》は呂宋から運ばれてきたもので、三百両、是非ともと欲しがる方ならば五百両は出されましょう。ああ、そのぎやまんの小杯は百両、そこの青い石は埃及《エジプト》で出る珍しい鉱石でございまして、それだけ大きなものは、まずお目にかかれませぬ。値段は、付けられませぬ」

黙った弦ノ丞に末次平蔵が述べた。

「はあ」

あまりにとてつもない金額が続いた。弦ノ丞が唖然とした。

「これらのものを、わたくしは和蘭陀人、明国人、そして今はおつきあいができなくなりましたが、葡萄牙人からもらいました」

「もらった……買われたのではなく」

「はい」

驚いた弦ノ丞に末次平蔵が認めた。

「これだけの品をくれるのでございまする。どれだけ交易がそれらの国にとっても利になるか、おわかりでございましょう。もっとも、誰にでも喜んでくれるというものではございませぬ。利がなければ、舌も出しませぬのが商人というもの。そのせいか、長崎警固を担っている黒田や鍋島は、異国の船が入るたびに検分するとして乗りこみ、なんらかの土産を持たせてくれるまで、帰らないという嫌がらせをするそうでございますが……」

「…………」

末次平蔵の話に、弦ノ丞が身を乗り出した。

もし、長崎警固副役に松浦藩がなったならば、やはり手にすることができる利権となるからであった。

「派手な色の壺や皿、異国の刀などをもらって喜んでおりますが、あれらはさほどの価値のないものばかり。よくて十両もいたしますまい。なにより、馬場さまがそれをいつまでも見逃されるはずもなし。いずれ手痛い思いをさせられましょう」

末次平蔵が、松浦家はするなよと暗に釘を刺した。

「……………」

無言で弦ノ丞は座りなおした。

「これらの品は、長崎代官という、交易のすべてを預けられているわたくしなればこそのものでございまする」

末次平蔵が口の端を吊《つ》り上げた。

「ですが、外から見ている者とすれば、これらの品はわたくしが買ったものだと考えましょう」

「はい」

弦ノ丞が同意した。

「長崎の交易は儲かる。ならば、一枚嚙《か》ませてもらおうといろいろなところから、商人が集まって参りました」

「わかりまする」

「人が集まる。そのすべてが良民とは限りませぬ。長崎に落ちる財を狙う盗賊、無頼、裕福な商人の警固に雇われたい牢人、そして」

一度そこで末次平蔵が言葉を切った。

「末次さま……」

弦ノ丞が首をかしげた。

「天草、島原の乱に参加しなかった、あるいは参加したが逃げ出した切支丹」

「切支丹……」

末次平蔵の口から出た名前に、弦ノ丞が息を呑んだ。

「この国に、切支丹の居場所はございませぬ。御上の言う通り祈りを捨てられる者、あるいは密《ひそ》かに心のうちで祈るだけで満足できる者以外は、国を出て切支丹でいられる楽園を目指しましょう」

「切支丹でいられる楽園」

言われた弦ノ丞が繰り返した。

「楽園に行くためには、異国の船に潜りこまねばなりませぬ。これは御上の法度に背き、渡航の禁に触する。つまり、ただ祈りを続けたいだけの者までもが、御上に刃向かう」

「なんと。見つかれば死罪でござろうに」

弦ノ丞が息を呑んだ。

「悪事をなす者、祈りをなす者が長崎に入りこんでいる。そして、それらを取り締まるだけの力は長崎にはない」

末次平蔵が断言した。

「ゆえに我らが選ばれた」

「なにかあっても馬場さまは責任を負われませぬ。正式に御上から長崎辻番に命じるとの書付が出されることはございますまい。とくに松浦さまには」

告げた弦ノ丞に、末次平蔵が付け加えた。

「松平伊豆守さまに見つかった城の武器でございましょうか」

石高をこえる武装は謀叛と疑われる。弦ノ丞がこれが原因かと尋ねた。

「いいえ、先代松浦肥前守さま、そしてわたくしの父がすべての源」

「たいおわんの一件」

言った末次平蔵に、弦ノ丞が表情を引き締めた。

第五章　始まる戦い

一

長崎代官末次平蔵が、弦ノ丞と志賀一蔵を感情のない目で見た。

「たいおわんの一件をご存じということは、松浦の先代さまと吾《わ》が父がなにをしでかしたかもご存じでございましょう」

「……はい」

弦ノ丞が首肯した。

「しかし、なされたことの割りに、罪が……」

松浦肥前守隆信はお咎《とが》めなし、対して先代の末次平蔵は江戸で獄死した。この差が弦ノ丞に最後まで言わせなかった。

「ふふふ」

小さく末次平蔵が笑った。

「父も罪は得ておりませぬぞ。江戸へ召喚され、投獄はされましてございまするが、罪が言い渡される前に病死いたしましたので」

「…………」

述べた末次平蔵に、弦ノ丞はなにも言わなかった。

「ご納得がいかれないようでございますな」

末次平蔵が弦ノ丞の表情を読んだ。

「そういうわけでは……」

長崎代官という要職、それも今後嫌でもかかわりが深くなる相手を不快にして、得になることなどない。

弦ノ丞があわてて首を横に振った。

「お気になさるな」

末次平蔵が手を振った。

「なれば、お話を伺えましょうや」

思いきって弦ノ丞が願った。

「それが目的でのお見えでございましょう」

「はい」

その通りなだけに、弦ノ丞は素直に認めた。

「…………」

　無言で末次平蔵が弦ノ丞を見つめた。弦ノ丞も目を逸《そ》らさなかった。

「お若いのに、肚《はら》が据わっておられるようだ。長崎辻番《つじばん》……なるほど江戸で辻番をなさっておられたお方でございますな」

「ご存じでおられましたか」

「寺沢と松倉の争いを押さえこまれたと、商人たちから噂《うわさ》で聞きましてございまする」

　訊《き》いた弦ノ丞に末次平蔵が答えた。

「さほどのことはいたしておりませぬが」

　弦ノ丞が謙遜した。

「功績は自慢するものではございませぬか」

　末次平蔵が感心した。

「お代官さま」

　客間の外から遠慮がちな声がした。

「もう、そんな刻限……いや、残念ながら次の約束に移らなければなりませぬ」

　話はここまでだと末次平蔵が告げた。

「……では」

　弦ノ丞がすがるような顔をした。

「後日、こちらからお誘いを申しあげまする。そのときに」

「いつごろに」

後日と言われても困るのが実状である。すでに国元の了承も取れ、追加の人員も来ている。馬場利重のもとに準備が調ったと報告しなければならず、そうなれば辻番としての活動も開始しなければならなくなる。

足下に不安があっての任は、闇夜に船を出すようなものだ。どこに暗礁があり、どこの海流が渦巻いているか。落とし穴があるとわかっていても進まなければならないというのは、不安である。

「数日中にはかならず」

末次平蔵もそのあたりはわかっている。

早いうちに時間を作ると約束した。


辻番を始める用意はできた。

「いつなりとてもお役に立てまする」

末次平蔵と会った翌日、弦ノ丞は長崎奉行馬場利重のもとへ報告した。

「うむ。思ったよりも早かったの」

馬場利重が笑いを含んだ眼差《まなざ》しで、弦ノ丞を見た。

「わたくしどもの立場はどのようになりましょう」

弦ノ丞が問うた。

江戸の辻番は幕府から諸大名、旗本に出された命であるため、その任に就いている間は、幕臣同様の扱いを受けられる。

それこそ、旗本を誰何《すいか》することもできるし、場合によっては捕縛することも認められている。さすがに問答無用で斬り殺すわけにはいかないが、抵抗されればやむなしと認められてもいた。

しかし、長崎の辻番は違う。というより、何一つ示されていなかった。

「そなたたちの立場か……」

馬場利重が思案に入った。

「江戸と同様というわけにはいかぬの」

長崎は江戸よりも面倒であった。

たしかに江戸に比べて矜持《きょうじ》の高い旗本は少ない。というより、まず馬場利重のかかわりにあたる者しかいない。逆に多いのが、黒田藩、鍋島藩の家臣であった。これら長崎警固《けいご》の者たちは、幕府から命じられているだけに、鼻息が荒い。たかが七万石ほどの松浦家が、辻番だ、名を名乗れなどと言ったところで、従うはずもなかった。

その他にも、まずないことだが、出島からオランダ人が出てきて、辻番ともめたときのこともある。

「そなたの裁量とはいかぬな」

「御上《おかみ》が軽く見られかねませぬ」

責任を押しつけようとした馬場利重に、弦ノ丞が首を横に振った。

辻番頭《つじばんがしら》をし、松浦家のことを考えて行動した結果が、江戸から国元への異動であった。松浦藩としては平戸が本国であり、江戸が出先なのだが、生まれも江戸、育ちも江戸である弦ノ丞にとって、馴染《なじ》みの薄い国元はすべてにおいて辛《つら》い。

その経験が弦ノ丞を慎重にしていた。

「なるほどの……」

馬場利重がしばし思案に入った。

「御上より、松浦家へ命をとなれば、ご執政衆の認可が要る。今すぐにとはいかぬ。かといって長崎の治安に余裕はない。どうであろう、余の指図ということで」

「馬場さまのお指図とあれば、喜んで従いましょう」

弦ノ丞がうなずいた。

馬場利重はなにかあったときは己の身で止《とど》めて、それ以上に影響を及ぼさないと言ったも同然である。

もっとも、その言葉が守られる保証はないが、長崎奉行相手に、言質《げんち》を取ったことで満足すべきであった。

「もし、なにかあったならば、すぐに余のもとへ報《しら》せよ」

「承知いたしましてございまする」

馬場利重の指示に、弦ノ丞が首肯した。

「でじゃ、いつからやれるか」

辻番の開始を馬場利重が問うた。

「明日からでも」

「よい。明日からいたせ」

弦ノ丞の答えに、馬場利重が満足そうにうなずいた。

「下がってよい」

「はっ」

馬場利重の指示に、弦ノ丞は頭《こうべ》を垂れた。

辻番の証《あかし》は提灯《ちょうちん》にある。

弦ノ丞は三宝寺に戻ると、住職に馬場利重の命であると告げ、山門脇に松浦辻番所と書いた提灯を下げる許可を求めた。

「結構なことでございまする」

一度山門に火を付けられたことが、よほどに怖《おそ》ろしかったのか、住職は文句一つ言わず、了承した。

「また、辻番という任でござれば、夜中でも山門を出入りすることとなりまするが、よろしいか」

「門番の寺男にお申しつけいただければ」

「いえ、こちらで小者を配しまする。寺男どのには、門番小屋を離れ、庫裏《くり》にでも移っていただきたく」

出動のたびに門番の寺男を起こすのはしのびないと弦ノ丞が述べた。

「それは、日中もということでございましょうや」

「辻番に休みはございませぬ」

住職が確認するのに、弦ノ丞がうなずいた。

「それは助かりまする」

一人分の働き手が浮くことになる。寺の仕事というのは、意外に多い。境内の掃除、墓地の整備、檀家《だんか》との遣《や》り取《と》りなど、寺男の役目は多岐にわたる。そのうち、出入りのたびに応対しなければならない門番役は、かなりの手間を喰《く》う。

これがなくなれば、ほぼ寺男一人の手が空き、たまっていた雑用が大いに捗《はかど》る。

住職が喜んだ。

「では、そのように」

弦ノ丞が約束を取りつけた。

「小者が四名では足りぬな」

住職との会談を終えた弦ノ丞が、本堂へ戻って呟《つぶや》いた。

六名を二名一組に仕分けし、そこに一人ずつ小者を付ける。となれば、余裕は一人しかいない。その一人で洗濯、炊事、門番は無理であった。

「新たに地の者を雇うしかないか」

平戸まで人員追加を求めてもいいが、当然だが長崎の地理には暗い。辻番は、担当地域に精通していないと務まらない役目である。江戸では自藩の屋敷がある一画だけであったため、江戸詰めの者が辻番をしている限り、道に迷うなどあり得なかった。

だが、今回はまったく未見の長崎なのだ。地理だけでなく、そこに住む者の気性などなにもわかっていない。

これで辻番がやっていけると自信を持つほど、弦ノ丞はおめでたくなかった。

「どうやって人を雇うのでござろうか」

田中正太郎が問うた。

「末次さまに頼んでみようかと、考えている」

「よろしいのですか。我らの内情を知られることになりますぞ」

弦ノ丞の案に田中正太郎が反対した。

当たり前のことだが、末次平蔵に頼めば末次平蔵の意を受けた者が、大久保屋に頼めばその都合で動く者がやってくる。

「知られて悪いものなど、ここにはなかろう」

「……それはそうでござるが」

身内に虫を入れるのは、誰でも嫌である。

田中正太郎が難しい顔をした。

「我らが独自に探したところで、あるいは三宝寺に頼んだところで、来るのが絶対に安心できる者のわけもなし」

紐付《ひもつ》きを隠して来られれば、こちらにそれを見抜く能力はない。

「なれば、最初から末次さまの耳目だと思って、対応するほうが楽ではないか。誰の手かわからぬでは、気を抜くことができぬ」

「なるほど」

弦ノ丞の考えを、田中正太郎が理解した。

「されど……」

感慨深げに田中正太郎が弦ノ丞を見た。

「また辻番をすることになるとは、思ってもおりませなんだ」

「吾《われ》もよ」

弦ノ丞も同意した。

二

慣れぬ土地というのは、疲れるものである。

物見遊山なれば、目新しいものに興奮し、合わぬ風土でも興味に変えられる。

だが、辻番となれば話は別であった。

慣れていない地理を頭に身体《からだ》に刻みこみ、見知らぬ者たちと警戒する町屋の者を味方に付けなければならない。

その気苦労は筆舌に尽くしがたい。

「くたびれた」

巡回に出ていた当番が、戻ってくるなり崩れるように座った。

「志賀、どうであった」

新しい配下が来たこともあり、弦ノ丞は田中正太郎、志賀一蔵に付けていた敬称を外した。上下をはっきりさせるべきだと考えた結果であった。

「なにもございませぬが……訝《いぶか》しげに見られるのはなかなかにきつうござる」

弦ノ丞の問いに、志賀一蔵が首を左右に振った。

「ご苦労であった」

弦ノ丞はねぎらうしかなかった。

「組頭さま」

門番をしている小者が弦ノ丞のもとへ駆け寄ってきた。

「なんだ」

「長崎代官さまのお使いだと言われるお方が、これを」

小者が書状を弦ノ丞へ差し出した。

「うむ」

受け取った弦ノ丞が書状を読んだ。

「…………」

「末次平蔵さまよりのお呼び出しだ。志賀、供を」

見守る同僚たちに、弦ノ丞が告げた。

「当番は代わろう。非番とはいえ、することもないでな」

田中正太郎が気配りをした。

「かたじけなし」

志賀一蔵が一礼した。

末次平蔵の招きに応じた弦ノ丞と志賀一蔵は、寺町を海へ向かい、突き当たりで川筋へ出て、ふたたび海へと進んだ。

「このあたりのようでござる」

志賀一蔵が人気《ひとけ》の増えたあたりで足を止めて、周囲を見回した。

「訊いてみよう」

弦ノ丞が裕福そうな身形《みなり》の商人に近づいた。

「卒爾《そつじ》ながら、ものを尋ねたい」

「へ、へい」

商人が弦ノ丞に話しかけられて身構えた。

「引田屋という茶屋をご存じないか」

「……引田屋さんなら、あの辻を右に曲がって少し入った右側にございまする。数軒の茶屋が並んでますが、そのなかでもっとも立派なのが引田屋でございまする」

問われた商人が身振りで示した。

「助かった」

弦ノ丞は礼を述べると、すぐに商人から離れた。

「このあたりに遊郭があるらしい。そのせいか、少し治安も悪いのだろう。声をかけた商人が震えていたわ」

弦ノ丞が苦笑した。

「はて、我らの身形は、無頼や牢人《ろうにん》と違いますが」

志賀一蔵が己の姿を確かめた。

オランダ交易を失ったとはいえ、平戸藩は裕福であった歴史がある。藩士たちも石高のわりには小綺麗《こぎれい》なものを身につけているし、刀の鞘《さや》の塗りがはげたり、柄糸《つかいと》がほころんでいたりしていない。

「腰に刀がある限り、町人たちは怖がるのかも知れぬな」

弦ノ丞もため息を吐《つ》いた。

そこから引田屋までは近かった。

「御免、我ら平戸松浦家の者である」

「お待ちいたしておりました。こちらへ」

暖簾《のれん》を潜《くぐ》って名乗った弦ノ丞を引田屋の男衆が慇懃《いんぎん》に対応した。

「お連れさまがお見えでございまする」

「お入りいただいてくれ」

男衆が案内した二階の奥座敷から、末次平蔵の声がした。

「遅れまして申しわけございませぬ」

約束の刻限より少し早いが、それでも長崎代官という格上を待たせたのはよろしくない。

弦ノ丞が座敷に入る前、廊下で膝を突いて謝罪した。

「気になさらず、どうぞ」

末次平蔵が入ってくれと促した。

「では……」

弦ノ丞と志賀一蔵が座敷に入った。

「ここは遊郭、世間の身分は通じないところでございますれば、堅苦しいのは止《や》めましょう」

末次平蔵が手を振って、形式張るのは止めようと言った。

「畏《おそ》れ入ります」

「それが固い」

もう一度頭を下げた弦ノ丞に、末次平蔵が苦笑した。

「和蘭陀人でさえ、酒席では崩れますぞ」

「なんと、和蘭陀人と酒を飲まれたことがあると」

末次平蔵の話に、弦ノ丞が喰いついた。

「何度もございますな。他人《ひと》と仲良くなるには、ともに飯を喰い、酒を飲むのがもっとも早い」

「なるほど」

断言した末次平蔵に、弦ノ丞が納得した。

「ということで、座を崩しましょうぞ」

末次平蔵が立ちあがって、座敷の真ん中へ移った。

「こちらへ」

「では、遠慮なく。志賀、参ろう」

招かれて弦ノ丞が従った。

「南蛮人の話は後の楽しみといたしましょう。まずは、要件たるたいおわんの一件の実を語りましょう」

妓《おんな》も呼ばず、酒も出さず、末次平蔵が告げた。

「お願いをいたしまする」

弦ノ丞が話を聞く姿勢を取った。

「もともとは、たいおわんを手にした和蘭陀が、関銭をかけると言い出したことによりまする。船が入るたびに積み荷の一割を納めよ。そう和蘭陀は命じましてございまする」

そこでじっと末次平蔵が弦ノ丞を見つめた。

「一割くらいとお考えか」

「……いえ、そのような」

「顔に出ておられるわ」

首を横に振った弦ノ丞に、末次平蔵が述べた。

「一割。交易の儲《もう》けからいけば、小さいとも言えましょう。ですが、和蘭陀のいう一割でござる。おわかりか」

「……和蘭陀が価値を決める」

「さよう。いや、よくおわかりになられた」

弦ノ丞の答えを末次平蔵が賞賛した。

「こちらが一万両の荷を積んでいると言ったところで、和蘭陀が、いや二万両だと言えば、二千両分のものを渡さなければなりませぬ」

苦く顔をゆがめながら、末次平蔵が続けた。

「その渡すものの価値も、和蘭陀が決める。こちらがこれは百両の価値がと言ったところで、いや十両だと言われれば、それまで」

「恣意で関銭はどうにでもできると……」

「…………」

確かめた弦ノ丞に、末次平蔵が首肯した。

「交易というのは儲かるが、同時に博打《ばくち》でもござる」

徐々に末次平蔵の言葉遣いが砕けてきていた。

「なにせ相手は顔も考えも言葉も違う。こちらが値打ちのあるものだと思っていても、向こうはそうではないことも多い。苦労して運んでも、元値より安い金額で売ることになるときもござる」

「思惑が外れる」

「いかにも。そして、なによりも痛いのが……」

一度末次平蔵が言葉を切った。

「船が沈むことでござる」

「…………」

聞いた弦ノ丞が絶句した。

「船は海の上に浮いているだけ、板一枚下は水でござる。少し波が高くなる、あるいは風が強くなる、それだけでも危ういのでござる。船が沈めば、商人は大損でござる。積み荷はもちろん、手慣れた船乗り、水主、さらには大金を投じて手に入れた大型船を失う」

「むうう」

弦ノ丞が唸《うな》った。

「船は値段も高《たこ》うござるが、そうそうに作れない。それだけの損失も考えなければ、交易はできませぬ」

末次平蔵が続けた。

「それだけではござらぬ。船が無事に着いても帰ってくるとは限らぬ。おわかりか」

「嵐などではない……」

すでに船の沈む話は出ている。となれば、別の原因を考えなければならない。弦ノ丞が首をひねった。

「なかなかお武家の衆には難しいかも知れませぬの」

末次平蔵がため息を吐いた。

「降参でござる」

弦ノ丞があきらめた。

「裏切りでござる」

「……裏切り」

答えに弦ノ丞が驚愕《きょうがく》した。

「船一艘《そう》の積み荷、それを全部売れば、船頭以下水主まで全部が生涯遊んで暮らせるだけの金になる」

「持ち逃げすると……」

冷たい声で告げた末次平蔵に弦ノ丞が息を呑《の》んだ。

「それらを含めた先に交易の利がある。それをわかっておらぬ者が多い。南蛮や明と品物を遣り取りするだけで、大儲けできる。そう思っておる者ばかり。ゆえに、父と先代の松浦公は、抗《あらが》ったのでござる。馬鹿どもに好き勝手させれば、和蘭陀人、明国人の思惑に嵌《は》められる。交易の手綱はしっかりと握っておかねばならぬ」

「たいおわんの関銭は、和蘭陀が日本との交易の主導権を握ろうとした」

「さようでござる」

弦ノ丞の理解を末次平蔵が認めた。

「たいおわんの一件が起こったとき、すでに吾が邦《くに》は西班牙とのつきあいを止めており、葡萄牙との交易もほぼ断絶していた。つまり、和蘭陀の独占状態になりつつあった」

「それで和蘭陀は、こちらとの交易をより優位にできると考えた」

「おそらく」

末次平蔵がうなずいた。

「では、先代さま同士は、和蘭陀が無理を言い出さぬようにと」

「はい」

念を押すように訊いた弦ノ丞に、末次平蔵が首を縦に振った。

「しかし、それでは先代の長崎代官さまが江戸へ連れていかれた理由がわかりませぬ。和蘭陀の無茶を抑えたとあれば、褒められこそすれ投獄されることはございますまい」

理屈が合わないと、志賀一蔵が口を挟んだ。

「父を通じて、交易をなさっておられたお方がおられたのでござる」

オランダとの交易を一手に握っているに近い長崎代官である。長崎代官に金を預け、利殖を考えた者がいてもおかしくはなかった。

「それは当たり前でございましょう」

「お相手がご執政衆だとしても」

「…………」

「まさかっ」

低い声で言った末次平蔵に、弦ノ丞は声も出せず、志賀一蔵は驚愕した。

「どなたが」

志賀一蔵が思わず問うた。

「それは訊くな」

弦ノ丞がすばやく志賀一蔵を制した。

「なれど……」

「執政にはかかわるな。それは身を滅ぼす」

不満げな志賀一蔵に、弦ノ丞が首を横に振った。

「伊豆守さまがこと、忘れたわけではなかろう」

弦ノ丞が松平伊豆守を三度、松浦へ引き寄せることになると危惧を口にした。それだけは避けなければならない。

「ご賢明でござる」

その判断を末次平蔵が褒めた。

「知らずば、咎められることはございませぬ」

末次平蔵が述べた。

「ただ一つだけ。その父を通じて交易で利をむさぼっておられたお方は、松平伊豆守さまではございませぬ」

「それでか。先代の末次平蔵さまが、牢死したのは。伊豆守さまならば、死なせるようなまねはなさらぬ。なにより、御上大事の伊豆守さまじゃ。もし、交易の利を求められたならば、それは御上の、徳川家のため。先代の末次平蔵さまを牢へ入れずに、褒め称《たた》えたであろう。そうすることで、和蘭陀との交易は御上のためだと天下に見せつける」

弦ノ丞は松平伊豆守の気質から、そう見抜いた。

「では……」

「松平伊豆守さまに交易の利をむさぼっていたことを知られてはまずい執政さまが、あるいは方々さまが、先代の末次平蔵さまがなにか言う前に……」

窺《うかが》うように見る志賀一蔵に、弦ノ丞が述べた。

「さて、酒と妓を呼びましょう。あまり待たせては、妓の機嫌が悪くなる」

話はここまでだと、末次平蔵が手を叩《たた》いた。

三

松平伊豆守信綱の頭から平戸藩松浦家のことは抜けた。しかし、それを思い出させる使者が長崎から出された。

「松浦に長崎の港ではなく、町の警固を押しつけた」

長崎奉行馬場利重から送られてきた書状に、松平伊豆守が腕を組んだ。

「ふむ、長崎の警固を黒田と鍋島だけでは足りまいと、松浦、高力に手助けをさせてはどうかと思ったのだが、町中のことは考えておらなんだな」

松平伊豆守が独りごちた。

「……よい案かも知れぬ」

呟きながら、松平伊豆守が眉間にしわを寄せた。

「しかし、ふたたび和蘭陀との交易に長崎代官と松浦を絡ませることになるのが、いささか気に入らぬ」

松平伊豆守が書状をもう一度見た。

「馬場が申してきたとあれば、まず問題はなかろうが……あのときの後始末ができておらぬ。先代の長崎代官と組んでいたのは誰であったかは、おおむね読めたが証がない。なんとか前の末次平蔵を江戸へ召喚したが、殺されてしまった」

悔しそうに松平伊豆守が唇を噛《か》んだ。

「いかに、余が怪しいと主張したところで、証人が死んでしまえば咎めることはできぬ。相手は余と同じ老中なのだ」

老中は幕府最高の役職であり、将軍でも気を遣う。松平伊豆守がどれほど三代将軍家光の寵愛《ちょうあい》を受けているとはいえ、なにもなしで同僚を摘発することはできなかった。

「松浦に長崎の町を警固させる……存外におもしろいことになるやも知れぬの」

松平伊豆守が表情を変えた。

「馬場利重に命じるとしよう。松浦と長崎代官をよく見張れと」

口の端を吊《つ》り上げながら、松平伊豆守が指示を書くために筆を手にした。


茶屋とは名ばかりの遊郭での宴だが、さすがに泊まるわけにはいかなかった。

「辻番としての役目がござれば」

日が暮れたところで、弦ノ丞と志賀一蔵は末次平蔵の前を辞した。

「それは残念。では、わたくしは遠慮なく遊んで参ります。ああ、小者のこと、数日中には」

「お願いをいたしまする」

小者の手配を頼んだ弦ノ丞に、引き受けたと言った末次平蔵と別れて、二人は三宝寺への道をたどった。

「江戸とも違う、平戸とは似ていて非なる。これが長崎か」

歩きながら弦ノ丞は感慨深げに言った。

「まさにさようでござるな」

志賀一蔵も同意した。

「遊郭の賑《にぎ》わいも……」

「お待ちあれよ」

引田屋の入り口が見えなくなったあたりで、辻の陰から牢人が現れた。

「なんじゃ」

弦ノ丞が足を止めた。

「斎どの、相手にしてはなりませぬ」

世慣れている志賀一蔵が、弦ノ丞に注意をした。

「つれないことを言われるな」

卑屈な笑いを浮かべながら、牢人が近づいてきた。

「引田屋からのお帰りでござろう」

「それがどうかしたか」

牢人の確認に、弦ノ丞が眉間にしわを寄せた。

「いや、うらやましいかぎりでござる。片や遊女を揚げて遊ぶだけの余裕があり、片や今晩の食事のあてさえない」

「なにが言いたいのだ」

面倒だと弦ノ丞が用件を問うた。

「お情けをいただきたい」

「情けとはなんだ」

言った牢人に弦ノ丞が訊いた。

「おわかりにならぬか。金の合力をお願いしたいと」

牢人が手を出した。

「金などない」

「偽りを言われるな。拙者は見ていたのでござるぞ。貴殿らが引田屋から出てくるのを。それも番頭が見世の外まで見送りに出てきていた。よほどの上客でなければ、そういう対応はいたさぬ。つまり、かなりお遣いになった」

牢人が笑った。

「妓に費やす金があるならば、少しばかりお分けいただいてもよろしかろう」

「なぜ、きさまに金をやらねばならぬ」

手を上下させて金を要求する牢人を、弦ノ丞が拒否した。

「情けは人のためならずと申しまするぞ。いつ、貴殿と拙者の立場が逆転するか、わかりませぬ。流転こそ世の常」

「なにを言っている」

牢人の言いぶんに弦ノ丞があきれた。

「そうではないか。拙者とて数年前までは槍《やり》一筋の武士だったのだぞ」

槍一筋とは、大名によって多少の差異はあるが、騎乗できない武士のことをいう。松浦家で言うところの弦ノ丞、田中正太郎、志賀一蔵などがそれにあたった。

「それが百姓の一揆《いっき》で家が潰され、新たな仕官を探しても、旧主家の名前を出したとたん、門前払いだ」

「松倉か」

「敬称を付けろ、敬称を」

牢人の正体に気づいた弦ノ丞に、牢人が怒った。

「一揆が起こったのは、拙者のせいではないのだぞ。殿が馬鹿なことを考えて、百姓どもに重圧を加えたからじゃ」

死罪になった旧主松倉豊後守《ぶんごのかみ》重政に牢人は責任を押し被《かぶ》せた。

「寺沢もそうだ。主君の馬鹿で、家臣が痛い目を見る。つまり、おぬしもいつ浪々の身となるかわからんのだ。だからこそ、拙者との縁を大事にしておけ。もし、牢人となったとき、訪ねてくれれば、食える雑草の見分け方、冬をこすにはどうすればいいかなどを教えてやる。その授業料だと思って、金をくれ」

「話にならん」

ふたたび手を前に出した牢人に、弦ノ丞はため息を吐いた。

「行くぞ」

志賀一蔵に声をかけ、弦ノ丞は牢人から離れようとした。

「情けはなしか」

牢人が独りごちた。

「ならば、我らも遠慮はせぬわ」

牢人が怒った。

「我ら……」

弦ノ丞が牢人の一言に引っかかった。

「出会え」

牢人が叫んだ。

「おう」

「待ちくたびれたわ」

辻からわらわらと仲間たちが出てきた。

「後ろへ回れ」

最初の牢人の指図で、二人の牢人が弦ノ丞たちの背後を塞いだ。

「……最初のあやつを入れて六人か」

「倍以上でございますな」

数えた弦ノ丞に志賀一蔵が付け加えた。

「素直に出しておれば、金だけですんだものを。命が惜しくば刀も含めた身ぐるみ置いていけ」

最初の牢人が弦ノ丞に告げた。

「…………」

「聞こえなかったのか、まず刀を外し、地面へ置け」

無言の弦ノ丞へ、最初の牢人が命じた。

「…………」

「斎どの」

黙っている弦ノ丞に志賀一蔵が声をかけた。

「どうした、勝てぬとわかって怯《おび》えたか、若いの」

最初の牢人が嘲笑した。

「阿東《あとう》、もういいだろう。さっさとやってしまおうぞ」

牢人の一人が最初の牢人をうながした。

「我慢しろ。黙って差し出してくれれば、着物もそのまま売れるし、刀も刃こぼれせず買いたたかれなくてすむ」

阿東と呼ばれた牢人が、逸《はや》る仲間を諫《いさ》めた。

「……初仕事だな」

「はい」

「なんだ……」

ぼそりと呟いた弦ノ丞に、志賀一蔵がうなずき、阿東が怪訝《けげん》な顔をした。

「後ろを任せていいな」

「二人だけでござるか。少々物足りませんが」

弦ノ丞の指図に志賀一蔵が獰猛《どうもう》な笑いを浮かべた。

「な、なんだ」

阿東が雰囲気の変わった弦ノ丞と志賀一蔵に焦った。

「おいっ、阿東。まずいぞ」

敏感な牢人が弦ノ丞たちの殺気に気づいた。

「くそっ」

一揆勢相手とはいえ、さすがは実戦を経験しているだけある。六人の牢人すべてが、すばやく刀の柄に手をかけた。

「甘いわ」

「ふん」

弦ノ丞と志賀一蔵は、牢人たちが刀を抜く前に動いた。

「しゃっ」

「やっ」

端《はな》から間合いは近い。太刀を振るより突いたほうが早い。

二人は合わせたように、太刀を突き出した。

「ぐっ」

嫌というほど実戦を積んだ弦ノ丞は、一撃必殺ながらわずかに動くだけで、切っ先をかわせる喉ではなく、大きな胸を貫いた。

うまく心の臓を破れば即死させられるし、多少ずれても肺腑《はいふ》に穴を開けられる。即死しなくても致命傷であるし、肺をやられれば息が満足にできなくなり、戦力からは脱落した。

「ぎゃああ」

志賀一蔵はもっと大きな腹を突いていた。

腹はまず即死しないが、胃や腸から出た消化液が腹腔内《ふくくう》を焼き、激痛を起こす。そして消化していない食いものが腹腔内を侵し、それが腐敗を呼んで数日の間苦しみ抜いて死ぬ。

どちらにせよ、二人が戦力から外れた。

「こいつらっ」

「慣れてるぞ」

あっさりと二人を失ったことで牢人たちの警戒が強まった。

「遅いわ」

弦ノ丞は隣にいた仲間が倒れた衝撃で、一瞬呆《ほう》けた牢人の胸を突いた。最初から骨と骨の間を狙う前提で、太刀を寝かせてある。

骨に引っかかることなく、太刀が牢人の胸にすいこまれた。

「かっ」

心の臓に切っ先が届いたのか、牢人が天を仰ぐようにして倒れた。

「津嶋……」

「おのれっ」

三人目が倒れたのを見て、残っていた正面の牢人が激し、弦ノ丞へ斬りつけてきた。

「………」

頭に血が上った敵ほど扱いやすい者はいない。弦ノ丞は半歩下がるだけで、落ちてきた太刀に空を斬らせた。

「あつっ」

踏みこんで力任せの一撃を振り下ろした場合、敵に当たらなければ勢いの付いた太刀はそのまま止まることなく、己の足を傷つける。

普段ならば、柄頭がへその位置を過ぎたところで腕に力を入れて止めるのだろうが、怒りはその冷静さを奪った。

左足のつま先を己の太刀で割った牢人が、苦鳴を漏らした。

「あわっ」

末端ほど痛みは強い。牢人が太刀を手放し、己の足を抱えた。

「ふっ」

小さく息を漏らすような気合いを放ち、弦ノ丞は牢人の低くなった顔を突いた。

「………」

左目で切っ先を受けいれた牢人が、声もなく死んだ。

「もらってよろしいか」

後ろの二人を片付けた志賀一蔵が、阿東の相手をしたいと願った。

「任せる」

一歩引いた弦ノ丞が、周囲の警戒へと移った。

「な、なんなんだ、おまえたちは」

近づいてきた志賀一蔵に、阿東が震えながら問うた。

「我らが何者だと。最初に訊くべきであったな」

弦ノ丞が嘲笑を浮かべた。

「鍋島か黒田の者ではないのか」

阿東が顔色を変えた。

「そうであったらどうなったと」

「御上に目を付けられるのを嫌がる外様の大藩は、どのようなもめごとも嫌がる。刃《にん》傷《じょう》沙汰《ざた》など起こせば主家に傷がつくと、いつもいくらかの小粒金で話は終わった」

問うた弦ノ丞に阿東が告げた。

「そうか。残念だったな。我らは……」

わざと弦ノ丞が一度言葉を切った。

「………」

「我らは平戸藩松浦家の者だ」

息を呑んで見つめている阿東に、弦ノ丞が告げた。

「松浦……外様の小藩がなぜ、騒動を恐れぬ」

阿東が唖然《あぜん》とした。

「我らは長崎奉行さまから、当地の治安を預けられた。長崎辻番である」

「長崎辻番……」

弦ノ丞の名乗りに阿東が呆然《ぼうぜん》となった。

「長崎を荒らす者は、許さぬ」

すっと間合いを詰めた志賀一蔵が、阿東を袈裟《けさ》がけにした。

四

「いや、お見事でござる」

戦いを終えた弦ノ丞たちのもとに、末次平蔵が手を叩きながら近づいてきた。

「末次さま」

まだ止《とど》めを刺していない牢人たちに気を向けていた弦ノ丞が驚いた。

「どうして……」

「引田屋の者が、外でお連れさまがなにやらもめていると教えてくれました」

不思議そうな顔をする弦ノ丞に、末次平蔵が後ろに続く若い男を指さした。

「さようでございましたか」

弦ノ丞が納得した。

「しかし、すさまじいものでございますな。六人をあっという間に」

末次平蔵が血まみれになっている牢人たちを見下ろした。

長崎代官は武家でありながら、商人に近い。末次平蔵も武芸の類いはいっさい身につけていないが、長崎という利権と金と陰謀が渦巻く町で長崎奉行を凌駕《りようが》する力を持つ長崎代官を務めているのだ。肚は座っている。

「生きているやつもおりますな」

「長くは保《も》ちますまいが」

「どれ」

手から太刀を放して呻《うめ》いている牢人の側《そば》に末次平蔵が屈《かが》みこんだ。

「危のうございますぞ」

あわてて志賀一蔵が、その牢人の近くに転がっていた太刀を蹴飛ばして遠ざけた。

「どうも」

礼を口にした末次平蔵が、口調を厳しいものに変えて、牢人を尋問し始めた。

「おまえたちはどこに巣くっている」

「………」

牢人が苦痛にゆがませた顔を背けた。

「切支丹か」

「…………」

続けての質問にも牢人は無言を貫いた。

「そうか、わかった」

冷たい声で末次平蔵が牢人に手を振った。

「……っ」

尋問はあっさりと終わり、牢人は逸らしていた目を末次平蔵へ戻した。

「これでは、不逞《ふてい》牢人とそうでない者との区別が付きませんな」

「……でござるな」

話しかけられた弦ノ丞が同意した。

「わたくしのほうから、馬場さまには申しあげておきまする。見つけた牢人はすべて討ち果たしていいとの許可を辻番に出すようにと」

「見つけ次第、誰何せずともよろしいので」

江戸でも辻番には胡乱《うろん》な者への強硬な対応が認められていた。抵抗すれば斬っても問題にはならなかったが、さすがに誰何は必須であった。

「かまいませぬ。長崎は、今不安定でござる。なにせ長崎は、天草の乱で生き残った者たちにとって、唯一の出口」

末次平蔵が述べた。

島原、天草の乱は原城に籠もった一揆勢を皆殺しにして終わった。そう幕府は発表している。しかし、数万に及んだ一揆勢の死をすべて確認したわけではなかった。さすがに首謀者とされる天草四郎時貞《あまくさしろうときさだ》、森宗意軒《もりそういけん》、有家監物《ありえけんもつ》などの死体は検分されているが、それ以外の百姓や牢人まではできていない。さらに言い足せば、天草四郎時貞らの死体も、本物かどうかはわからないのだ。

なにせ、初代の総大将板倉内膳正重昌は討ち死にし、やむを得ず老中首座まで江戸から派遣してようやく鎮圧したのだ。

首謀者に逃げられましたでは、幕府の面目は丸潰れになる。

二度と同じことが起こらないように、原城に籠もった一揆勢は見せしめにしなければならない。

幕府に刃向かった者は、女子供とて許されることはないと、できるだけ早急に天下に知らしめなければならない。

それらの思惑が、検死をかなり甘いものにしていた。

「なるほど」

弦ノ丞が納得した。

「こやつがすんなりと白状してくれたら、困ったことになっておりました。死にかけているというのに、この頑迷さは、よほどの覚悟があると思われましょう」

「覚悟のある者に、長崎へ集まられては困りまするな」

ようやく弦ノ丞は、末次平蔵がなにをしたいのか理解した。

「ということだ。安心して死ね」

尋問したという事実だけが欲しかったと末次平蔵が、牢人を嗤《わら》った。

「きさまら……」

「松倉か寺沢か、あるいは加藤か、小西か。どこにいたかは知らぬが、おまえの主君は生き残る道をまちがえた。そして、おまえもな」

「くそっ……」

末次平蔵を一睨《ひとにら》みした牢人の目から色が消えた。

「ご無礼をいたしました」

「いえ。未熟でございました」

頭を下げた末次平蔵に、弦ノ丞も一礼した。

「奉行所へ人をやっておくれ」

「へ、へい」

後ろで震えていた引田屋の若い衆が、末次平蔵の指図にうなずいて走っていった。

「もう少し、おつきあいを」

「承知いたしましてございまする」

末次平蔵の力の片鱗《へんりん》を見た弦ノ丞は素直に従った。

「志賀、先に帰って事情を田中に伝えてくれ。今夜より警戒を厳にするようにと」

「はっ」

弦ノ丞に命じられた志賀一蔵が首肯した。

半刻《はんとき》（約一時間）ほどで、馬の蹄《ひづめ》の音が聞こえてきた。

「馬……」

「筆頭与力さまがお出《い》でなのでしょう」

首をかしげた弦ノ丞に、末次平蔵が述べた。

奉行所の与力は不浄職のため目見えの格式を持ってはいないが、事件や事故の現場へ出向くことから、騎乗を許されている。

「平蔵」

馬上から末次平蔵を呼ぶ声がした。

「……お奉行さま」

見上げた末次平蔵が絶句した。

「御自《おんみずか》らご出馬なさるとは……」

「牢人どもが不穏なことを考えているとならば、奉行たる吾が出張って当然であろう」

わざわざ来るほどではないだろうと言った末次平蔵に、馬場利重が返した。

「………」

弦ノ丞は、馬場利重がこの騒ぎを利用する気満々だと気づいた。

「斎であったの」

「はっ。先日はご無礼をいたしました」

馬場利重に声をかけられた弦ノ丞が頭を垂れて答えた。

「よくしてのけた。褒めてとらす」

「畏れ多いことでございまする」

賞賛に弦ノ丞は謙遜した。

「こやつらか」

馬から降りることもなく、馬場利重が死体を見下ろした。

「話せ」

「牢人が六名、金をせびって参りましたが……」

経緯を求めた馬場利重に、弦ノ丞が最初から語った。

「一人が足留め、残りで取り囲む。ふむ、食いつめ牢人のできることではないな。軍略の心得があるの」

「………」

話を大きくしようとしている馬場利重に、弦ノ丞は無言でいた。

「松倉の牢人だと申したそうだな」

「さように申しておりました」

確認する馬場利重に、弦ノ丞が首を縦に振った。

「潰された大名どもの家臣であった連中が、御上への恨みで謀叛《むほん》を企《たくら》んでいるということだな」

馬場利重が話を大きく枉《ま》げた。

「………」

弦ノ丞は同意もできず、沈黙を守った。

「それを未然に防いだのは、功績である」

もう一度馬場利重が弦ノ丞を褒めた。

「過ぎたるお言葉、恐縮いたしまする」

弦ノ丞が深々と頭を下げた。

「うむ」

満足そうに馬場利重がうなずいた。

「この者どもを見せしめとする。晒《さら》せ」

「はっ」

馬場利重の命に、長崎奉行所の同心が首を縦に振った。

「ご苦労であった。明日からも励め」

そう言い残して馬場利重が馬首を巡らせた。

「ご足労いただき、ありがとうございまする」

末次平蔵が見送った。

「……怖ろしいお方でございますな」

馬場利重の姿が見えなくなったところで、弦ノ丞が安堵《あんど》のため息を吐いた。

「葡萄牙、西班牙、英吉利を放り出して、和蘭陀だけを残した。選ばれた和蘭陀にしたところで、この長崎の出島にしか滞在できぬ。吾が邦を巡っての交易を一手に握ったとはいえ、わずかな量に限定されたのでは、勝者とは言えますまい」

「たしかに」

出島だけで遣り取りをするとなれば、交易の品に文句が付けられない。何カ所か交易の港があってこそ、商売として成りたつ。

「これと同じ品が、博多ではこの半分の値段でした」

「その金額なら、堺《さかい》へ持ちこんだほうが、より高く売れましょう」

オランダ商人たちの駆け引きが成りたつ。

だが、出島の長崎商人だけとしか交渉できなければ、相手の言い値になる。もちろん、言い値を値切るなどはできるだろうが、どちらにせよそこでしか買えないとなれば、オランダ商人は妥協するしかなくなる。

さらに売るときも同じである。あちこちに欲しい者がいるからこそ、ものの値段は上がる。

「百両で買う」

「なら、こちらは百十両出す」

買い手が競り合ってこそ、売り手の儲けは大きくなる。

長崎でも多少は値段の吊り上げもできようが、裏で打ち合わせをされでもすれば、そこまでになる。

「百両で今回は譲ってくれ」

「わかった。その代わり、次の商品には手出しをしないでくれ」

商人同士で根回しをされれば、オランダ商人の手元に入る金は大きくならない。

海を渡っての交易として儲けは出ても、それ以上にはならなくなる。

それでも日本との南蛮交易を独占しているには違いない。欧州では決して手に入らない日本の文物は、いい値で売れる。日本相手の商売がさほど旨味《うまみ》のあるものではなくなっても、本国で儲けが出る。

もし、その独占が崩れれば、オランダ商人が、危険な航海をしてまで東洋の果てへ行く理由はなくなってしまう。

オランダ商人としては、決してイスパニア、ポルトガルなどの復権は認められなかった。

「いびつな状況だと、おわかりくださされましたかな」

「十二分に」

確認した末次平蔵に、弦ノ丞はうなずいた。

「いつ火が付いてもおかしくない硝煙蔵」

「さようでござる」

弦ノ丞の比喩に、末次平蔵がうなずいた。

五

翌日、人通りの多い馬見町《うまみちよう》、その東端に牢人たちの首が晒された。

「長崎辻番によって成敗されたる不逞の輩《やから》であり、御上への謀叛を企んだ者である。これらの仲間を存じおる者は訴人《そにん》すべし。訴人いたした者については、一切の過去を問わず、赦免を与えるとともに、頭分の訴人には銀二百枚、それ以外の者を訴人せしときは銀百枚を与える」

晒し首の側には、長崎奉行馬場利重の名前で高札が立てられた。

「長崎辻番とはなんだ」

物見高いは世の常、高札が上げられて一刻（約二時間）ほどで、人だかりができていた。

「知らねえ」

「聞いたこともございませんな」

集まった者たちが首をかしげた。

「おや、ご存じない」

そこへ大久保屋が割って入った。

「大久保屋さんは、ご存じだと」

「はい。お出入りを許されておりますので」

商人風の男から尋ねられた大久保屋が自慢げに胸を張った。

「それは、それは」

出入りというのは、一種の利権であった。出入りだというだけで箔《はく》が付くこともあり、他人より話を早く知れたりする。

その代わり、納品の値段を下げさせられたりという不利もあるが、それでも商人にとって損には決してならなかった。

「長崎辻番とは、どのような。お奉行所の方々でございますか」

「違いますよ、大井屋さん」

問うた商人風の男に大久保屋が首を左右に振った。

「しかし、最近御上のお役人が長崎へ来られたという噂は聞きませんしね」

大井屋と呼ばれた商人が怪訝そうな顔をした。

「御上ではなく、あの長崎警固とかいう黒田さまとか、鍋島さまとかのご家中さまではございませんかね。長崎の町にも慣れておられる」

別の町人が口を挟んだ。

「なるほど。確か海近くに小屋を設けて、何十人か常駐なさっておりますな」

大井屋が納得しかけた。

「それでもございませんよ」

大久保屋がそれも否定した。

「えっ」

「では、どなたさまなので」

集まっていた群衆の目が、大久保屋に集中した。

「平戸藩松浦家のお方で。寺町の三宝寺に辻番所を設けられておりまする」

「……松浦さまの」

「平戸の……」

大久保屋の言葉に、一同が息を呑んだ。

「海だけでなく、町も外様のお方が守られる……」

大井屋が唖然としていた。

「おや、大井屋さんはお気になられるようでございますな」

大久保屋がわざと驚いて見せた。

「平戸の松浦さまも福岡の黒田さまも佐賀の鍋島さまも、御上のお指図で長崎へ来ておられる。いわば、御上に従っておられるのでございますぞ。なにも危ぶまれるほどのものはございますまい」

「……ですが」

大久保屋の言い分に、大井屋があたりを気にしながら続けた。

「あの寺沢さま、松倉さまの例《ためし》もございましょう。外様の方々が、無理難題を押しつけてこられないかと」

大井屋が囁《ささや》いた。

島原、天草の乱の原因は、寺沢と松倉の苛政によると世間には知れていた。長崎は大村家の支配から豊臣家の直轄地となり、今の幕府領となるまで、交易の中心地として便宜を図られてきた。つまり、年貢を厳しく取り締まられたり、侍たちの横暴につきあわされたりしなくてすんできた。

それだけ支配者たちは長崎を大事にしてきた。ようは、鶏を殺すより、卵を産ませた方が儲かるのだった。

そんな長崎が揺らいだのが、島原、天草の一揆であった。

年貢だけでなく、人頭税を始めとする各種の負担を押しつけられ、己たちが作った米を食べるどころか、それでも足りず、娘や妻を売って金にしなければ、税を納めきれない状況を目の当《ま》たりにさせられた。

「大変だな」

「かわいそうに」

それは、対岸の火事でしかなかったからだ。

もともと長崎も警戒はされていた。幕府にとって都合の悪いキリシタンの本場だったからである。

五代目の長崎奉行水野河内守守信《みずのかわちのかみもりのぶ》が踏み絵を考案し、長崎の町民に強要したり、六代目の竹中采女正重義《たけなかうねめのかみしげよし》によるキリシタン弾圧もあった。長崎に集められたキリシタンが処刑されたこともある。

それでも重税は課されなかった。

年貢を課すほどの耕地がないというのもあるが、運上金も緩やかであり、長崎は庇護《ひご》されているほうであった。

事実、島原、天草の窮乏が一揆に発展したときも、キリシタンへの詮議は厳しくなったが、別段戦費調達を命じられもしなかったし、従軍も命じられなかった。

なにより、幕府が、一揆の鎮圧に来た軍勢を長崎へ入れさせなかったことが大きかった。

戦場での常識、乱暴狼藉《らんぼうろうぜき》を受けずにすんだ。

長崎の町人にとって、戦《いくさ》は遠かった。

戦は四万近い一揆勢を皆殺しにして終わった。長崎の町人に残ったのは、松倉などの外様への恐怖だけであった。松倉や寺沢が普通の治世をしていれば、根絶やしなぞ起こらなかったのだ。

他にも、もう一つ、外様への恐怖はあった。キリシタンへの弾圧を強行した長崎奉行竹中采女正も外様大名だった。

その長崎に、外様大名が兵を率いて駐留している。

黒田、鍋島だけでも恐怖だったが、長崎警固は異国への備えである。町人にはほとんどかかわりはなかった。

しかし、松浦は違った。松浦は長崎の町を警固する辻番となった。

その松浦がいきなり牢人たちを征伐した。

長崎の町人が怖れを抱くのは無理もなかった。

「…………」

今度は大久保屋が、周囲を気にした。

「和蘭陀商館を長崎に奪われてますからなあ、松浦さまは」

「……それは」

声を小さくした大久保屋に大井屋が顔色を変えた。

「まあ、おかげでわたくしも平戸から長崎へ引っ越す羽目になりました。それでも商人は移れるだけましですな。寂れた平戸ではなく、長崎でやり直せますから」

「ごくっ」

大久保屋の言葉に大井屋が唾を呑んだ。

「辻番さまには目を付けられないようにご注意なされたほうがよろしいかと」

「わかってます」

大井屋が首を縦に振った。

「もし、なにかありましたら、出入りのわたくしができるだけのお手助けはいたしますので、ご遠慮なく」

「そのときはお願いいたしましょう。いや、皆にも言っておかなければ。御免を」

囁いた大久保屋に礼を言って、大井屋がそそくさと去っていった。

「これでわたくしの重みが少しは上がりましたな。辻番に見咎められたら都合の悪いまねをしている連中が、いずれ頼ってきます。松浦さまの辻番には、先日の件で貸しが一つありますのでな。それをうまく使えば、商いは随分と楽になるでしょう。平戸に島も借りたことですし……そろそろ博多の商人たちと打ち合わせをしましょうか。なにを売りたく、なにを買いたいのかを聞かなければ」

にやりと嗤った大久保屋が、高札に背を向けた。

「そういえば、辻番所で使う小者を探しているという噂がありましたな。長崎代官さまに頼っているようですが、是非ともわたくしの手の者を入れたいもので」

大久保屋が歩き出した。

「平戸を失ったのは、松浦さまが失敗。その余波で平戸の店を閉じなければならなくなった損失は、償っていただきますよ」

三宝寺のほうを見て、大久保屋が独りごちた。

解　説

小梛治宣

上田秀人の時代小説は格が違う――毎月文庫書き下ろしという形で数多くの時代小説が出版されているが、上田秀人作品を読むたびに、この「格の違い」を感ずるのだ。では、いったいなぜなのか。私が思うに、それは作者の創作姿勢に起因している可能性が高いのではあるまいか。数年前に「上田秀人に聞く！～創作への思い、作家としてのこだわり～」というインタビューの中で、作者は、次のように語っている。

〈読者に小手先のまやかしは通用しませんから。私は伝えたいことがあるから小説を書き続けている。伝えるというのは大変なことです。一生懸命やらないと何も伝わらないんです。（中略）一冊読んでおもしろくないと思っても、もう一冊くらいは読んでくれるかもしれない。でも二冊続けておもしろくなければ、もう二度と手にとってくれないでしょう。だから私は一作一作、全身全霊で書くんです。〉（『上田秀人公式ガイドブック』徳間文庫）

「全身全霊で書く」というこの姿勢は、インタビューから七年近く経《た》った今も少しも揺らいではいない。それは最新作の本作を読んでみれば瞭然である。

　言ってみれば、作者は一冊一冊読者に真剣勝負を挑んでいるのだ。だからであろうか、読む側も背筋が思わずピンと張ってくるような気分になってくる。作者と読者との間に、そうした緊張感があってこそ面白さの質は高まっていく。しかも、真に面白いものを書けば必ず受け入れてくれるという読者に対する強い信頼感があるからこそ、作者は一冊に全身全霊を注ぎ込むことができるのであろう。書き手と読み手の、こうした呼応関係がさらに面白い小説を生みだす起爆剤になっているのだと、私は考えている。読者との間にこうした関係を築き、しかも断ち切れることなく継続してきているがゆえに、上田秀人の描き出す世界は、面白さが単なる皮相的なものではなく、その深度が高い。つまり、奥の深い面白さなのである。

　では上田秀人の世界では、奥深い面白さ——それはどのような形で具体化されているのであろうか。一つには、読み手に先を読ませない意表を突くストーリー展開であろう。とくに、これはシリーズものの場合、読者の予想をいい意味で裏切り、読者の想定外の方向へと舵《かじ》を切っていく。シリーズ三巻目の本書がまさにそうなのではなかろうか。それについては、後でふれることにして、奥深い面白さの二つ目は、ストーリーの思いがけない流れに身を置く主人公たちの生きざまである。とりわけ、若い彼らがシリーズの進行につれて苦悩しながらも成長していく姿は、年配の読者ならば自らの過去を思い起こしながら声援《エール》を送りたくなるであろうし、若い読者であれば自分の生き方を改めて考えさせられたりもするはずである。

では本シリーズに目を向けてみよう。平戸藩松浦家は、三代将軍徳川家光治世下、島原の乱の最中からその後が舞台となっている。島原の乱鎮圧のために遠征してきた老中松平伊豆守にあることで疑念をもたれ窮地に陥ってしまう。その状況から藩を救ったのが、江戸詰の下級藩士で新たに辻番に任命された斎《いつき》弦ノ丞であった。弦ノ丞はその功により、辻番から主君の側《そば》近くに仕える馬廻《うままわ》りに栄転する。さらに弦ノ丞に目を掛けてきた江戸家老の滝川大膳の姪《めい》の津根を妻に迎えるという、これまでの境遇が一変するような栄誉を手にすることになった（『辻番奮闘記　危急』）。

ところが島原の乱鎮圧後、切腹ではなく前代未聞の斬罪に処せられた島原城主松倉勝家の元家臣らの暴挙に巻き込まれる形で、松浦家はまたも存亡の危機に直面する。新妻との平和な日々を過ごしていた弦ノ丞は、今度は辻番頭を命じられ、将軍家光襲撃を未然に防ぐことで、再び藩を救った。とはいえ、弦ノ丞が配下の生命よりも藩の存続を重視したため、下級藩士たちの反発を買い、辻番頭の役目を引かざるを得なくなった。そこで江戸家老の滝川大膳は、弦ノ丞を国元へ帰さざるを得なくなる――というところで『辻番奮闘記二　御成』は幕を閉じたのであった。

ここで読者はハタと考える。国元に帰った弦ノ丞が、辻番を続けることは不可能であろう。将軍のお膝元である江戸なればこその辻番なのだ。では、いったい弦ノ丞は国元でどんな役目に就くのか……。そもそも辻番以外の職務であれば、「辻番奮闘記」なるシリーズ名は使えなくなってしまう。とすれば何らかの理由をつけて、再び江戸へ呼び戻されるに違いない——と読者の多くは予想するのではなかろうか。かく言う私もその一人であったのだが、作者は奇手を使って、弦ノ丞を江戸へ戻すことなく「辻番」に復活させてしまう。先にも述べたが、「上田マジック」とでも名付けたくなる想定外のストーリー展開とはまさにこのことである。

本作『辻番奮闘記三　鎖国』では、弦ノ丞が船便で平戸へ到着したシーンで幕を開ける。懐妊した愛妻の津根を江戸へ残しての単身赴任である。とはいえ、平戸には江戸でともに辻番をつとめていた先輩二人が、弦ノ丞を待っていた。辻番頭だった田中正太郎とその補佐役の志賀一蔵だ。二人とも、手柄を認められ（『危急』）、国元で相応の地位を得ていた。つまりは、江戸で活躍した辻番三人が平戸に揃《そろ》ったというわけである。

となれば、やはりこのトリオが再びシリーズのオモテ舞台に出てくるのは必然である。ではどのようにして彼らが辻番として復活し得るのか。これが本巻の読み所となる。

島原の乱の後、平戸のオランダ商館が閉鎖となり、それまで貿易による大きな利益をこの商館を基盤に得ていた平戸藩は、経済的に大打撃を受けることになる。一方島原の乱の後、ポルトガルとの国交断絶により、それまで長崎出島に強制移住させられていたポルトガル人は国外追放となった。その空いた出島へオランダ人が平戸の商館から移転させられ、出島を海外への唯一の窓とする鎖国が完成することになった。

出島に押し込められ、自由を奪われたオランダ人たちからは、本書でもふれられているように、不満があがっていた。とはいえ、対日貿易はオランダが独占することにもなったわけである。その出島での様子はどんなものだったのか興味あるところだ。かなり時代は下るが、一八二〇年から九年間出島に勤務した商館員の記すところをみてみよう。

〈われわれは約三十フィートの幅狭い運河で長崎の町と隔てられて、長崎の町に対して占めている位置の関係上、こちら側からの眺望をほとんど奪われており、その上岸壁には到る処《いたところ》に家が建ててあるので、そのために江戸町と呼ばれる街路への見通しが妨げられている。しかしながら、それとは反対に、出島のその側面以外の周辺はすべて、海に向かっても、また陸に向かっても、湾内に広がる自由な眺めをほしいままにすることができるのである。この湾は、いつもいきいきとした活気にみちており、海上には到る処に船舶の絶え間ない動きが見られるのである。左の方には、長崎の町の丘陵の部分が高く見えると共に、遠景の中に消えて行く美しい畑と村落とが見渡される。〉（ファン・オーフルメール・フィッセル、庄司三男他訳『日本風俗備考2』平凡社）

ということで、オランダ人たちは平戸を去り長崎へと移っていくが、それに伴い平戸で商いをしていた商人たちは、長崎へと商売の拠点を移さざるを得なくなる。とはいえ、彼らは長崎では新参者扱いで利が薄い。そこで、平戸藩と長い付き合いのあった大久保屋は、盲点をつくある奇策を実行に移そうとする。そのために平戸藩家老の熊沢作右衛門にある願いを申し入れてきた。大久保屋はいったい何を謀《たくら》んでいるのか。そのあたりを探らせるために、熊沢家老は幕府から打診されている長崎警固の助役の準備をオモテ向きの役目として、弦ノ丞を長崎へ赴任させる。かつての辻番の上司であった田中と志賀もこれに加えられた。だが今度は弦ノ丞が二人の上司となったものだから、以前とは立場が逆転した彼としては多少気詰まりではある。そのあたりの人間関係の機微の描き方がまた絶妙で面白さに深みが増してもくるのである。

長崎に到着して早々三人は、事件に遭遇する。仮の宿舎にしていた寺に、夜半火が付けられたのだ。弦ノ丞らは大事に到る前に消火し、下手人を捕まえるのだが、このことがきっかけとなり、長崎奉行馬場三郎左衛門利重より長崎辻番を命じられることになった。というのも、長崎奉行所は出島の管理と九州の諸大名を監視するのに手一杯で、町の中のことまで手が及ばない。しかも、長崎が海外との交易の唯一の拠点となったため、利を求めて様々な連中が集まってくる。金銭の臭いのするところでは必ず犯罪が起こる。その取締りに協力しろというのだ。平戸藩の微妙な立場を考えれば、奉行の依頼を断ることなどできるはずもない。かくして弦ノ丞は、長崎という特殊な事情をもつ、しかも地理不案内な土地で、辻番として働くことになった。まさに、読者の意表をつく辻番復帰のカラクリではなかろうか。しかも活躍の場は、屋敷周辺に限られていた江戸に比べると遥《はる》かに広い。それだけに弦ノ丞が剣をふるう頻度も多くなりそうだ。

ところで、長崎には長崎奉行とは別に、豊臣時代から置かれている長崎代官がいる。そのあたりも、長崎という地の特殊性を表わしているのだろうが、弦ノ丞は長崎代官の末次平蔵から、とんでもないことを聞かされる。先代の末次平蔵は江戸で獄死しており、その先代と松浦家の先代とがオランダとの交易をめぐる事件で共謀していたというのだ。松浦家が幕府に目を付けられているのは、その過去の事件にまで遡るのだろうか。とすれば、平戸藩の危難の根はかなり深いことになる。

というわけで、本巻ではシリーズ全体を貫く謎が浮かび上ってくる。江戸から長崎へと舞台が移ったところで、次巻以降本シリーズが、どのような予想外の展開を見せてくれるのか、今から楽しみである。

（おなぎ・はるのぶ　日本大学教授／文芸評論家）

本書は、集英社文庫のために書き下ろされた作品です。

上田秀人の本

辻番奮闘記　危急

九州で島原の乱が勃発し、江戸でも辻斬りが横行。肥前平戸藩松浦家は、幕府へのおもねりのため辻番を組織。治安を守るため二十四時間態勢で任務につくが……。書き下ろし時代小説。

集英社文庫

上田秀人の本

辻番奮闘記二　御成

三代将軍家光の御成をめぐり、老中たちの権力抗争が勃発。これにまつわる企みを知った剣豪・弦ノ丞に密命が下るが……。若き辻番たちの活躍再び！　人気シリーズ待望の第二弾。

集英社文庫

集英社文庫　目録（日本文学）

井上荒野　綴られる愛人
いのうえさきこ　圧縮《ぎゅぎゅっと》！　西郷どん
井上ひさし　ある八重子物語
井上ひさし　不忠臣蔵
井上真偽　ベーシックインカムの祈り
井上麻矢　夜中の電話　父・井上ひさし最後の言葉
井上光晴　明日　一九四五年八月八日・長崎
井上夢人　あくむ
井上夢人　パワー・オフ
井上夢人　風が吹いたら桶屋がもうかる
井上夢人　the TEAM　ザ・チーム
井上夢人　the SIX　ザ・シックス
井上理津子　親を送る　その日は必ずやってくる
今邑彩　よもつひらさか
今邑彩　いつもの朝に(上)(下)
今邑彩　鬼

伊与原新　博物館のファントム　箕作博士の事件簿
岩井志麻子　邪悪な花鳥風月
岩井志麻子　瞽女《ごぜ》の啼く家
岩井三四二　清佑《せいゆう》、ただいま在庄《ざいしょう》
岩井三四二　むつかしきこと承り候　公事指南控帳
岩井三四二　室町もののけ草紙
岩井三四二　「タ」は夜明けの空を飛んだ
岩城けい　Masato
宇江佐真理　深川恋物語
宇江佐真理　斬られ権佐
宇江佐真理　聞き屋与平　江戸夜咄草
宇江佐真理　なでしこ御用帖
宇江佐真理　糸車
植田いつ子　布・ひと・出逢い　美智子皇后のデザイナー 植田いつ子
上田秀人　辻番奮闘記　危急
上田秀人　辻番奮闘記　二　御成

上田秀人　辻番奮闘記　三　鎖国
上田秀人　辻番奮闘記　四　渦中
上田秀人　辻番奮闘記　五　絡糸
植西聰　人に好かれる100の方法
植西聰　自信が持てない自分を変える本
植西聰　運がよくなる100の法則
上野千鶴子　〈おんな〉の思想　私たちは、あなたを忘れない
上畠菜緒　しゃもぬまの島
植松三十里　お江《ごう》流浪の姫
植松三十里　大奥延命院醜聞　美僧の寺
植松三十里　大奥秘聞　綱吉おとし胤《だね》
植松三十里　リタとマッサン
植松三十里　家康の母お大
植松三十里　ひとり白虎　会津から長州へ
植松三十里　会津の義　幕末の藩主松平容保
植松三十里　レイモンさん　函館ソーセージマイスター

集英社文庫

辻番奮闘記《つじばんふんとうき》三　鎖《さ》　国《こく》

2020年３月25日　第１刷
2023年２月14日　第２刷

定価はカバーに表示してあります。

著　者　上田秀人《うえだひでと》

発行者　樋口尚也

発行所　株式会社　集英社
東京都千代田区一ツ橋2-5-10　〒101-8050
電話　【編集部】03-3230-6095
【読者係】03-3230-6080
【販売部】03-3230-6393（書店専用）
印　刷　凸版印刷株式会社

製　本　凸版印刷株式会社

フォーマットデザイン　アリヤマデザインストア　　マークデザイン　居山浩二

ISBN978-4-08-744090-4 C0193